红棉花开

飘飞的落羽杉

刘晓虹 著

中国纺织出版社有限公司

内 容 提 要

《飘飞的落羽杉》的作者近几年致力于生态散文的创作，即表现自然、社会、思想意识之间的关系，体现人与万物和美共生的大情怀的散文。这些生态散文展露出作者对自然生态、社会生态和精神生态的思考、体悟和忧患意识，是作者对现代人的生存意识、行为观念的富于历史感的追问和反思。这些生态散文体现了人与自然生态之间天然存在的契合关系，有利于提高读者对生态环境的重视程度。

此外，收入书中的其他散文，在平凡的小事中发现生活中的趣味与诗意，体悟百味人生。

图书在版编目（CIP）数据

飘飞的落羽杉 / 刘晓虹著. -- 北京：中国纺织出版社有限公司，2025.2
　　（红棉花开）
　　ISBN 978-7-5229-1776-4

Ⅰ.①飘…　Ⅱ.①刘…　Ⅲ.①散文集-中国-当代　Ⅳ.①I267

中国国家版本馆CIP数据核字（2024）第096688号

责任编辑：林　启　　责任校对：高　涵　　责任印制：储志伟

中国纺织出版社有限公司出版发行
地址：北京市朝阳区百子湾东里A407号楼　邮政编码：100124
销售电话：010—67004422　传真：010—87155801
http://www.c-textilep.com
中国纺织出版社天猫旗舰店
官方微博 http://weibo.com/2119887771
北京虎彩文化传播有限公司印刷　各地新华书店经销
2025年2月第1版第1次印刷
开本：880×1230　1/32　总印张：72
总字数：890千字　总定价：680.00元（全9册）

凡购本书，如有缺页、倒页、脱页，由本社图书营销中心调换

绿水青山间的生态情思

马怡林

在浩渺的文学海洋中,有一位作者以其独特的笔触和深情的文字,为我们描绘了一幅幅绿水青山间的生态画卷。她就是刘晓虹,一位在法院工作三十年,却以文学为魂,以文字为伴的作家。她的散文集《飘飞的落羽杉》如同一部绿色的史诗,以其深刻的生态情思,引发了我们对自然与生命的无尽思考。

《飘飞的落羽杉》是一部凝聚了刘晓虹心血的散文集,它以独特的主题和特色,成为当代散文创作中的一道亮丽风景线。这部散文集不仅是一本书,更是一部关于生态、关于自然、关于人与环境和谐共生的哲学诗篇。在这部散文集中,刘晓虹以细腻的笔触,描绘了绿水青山间的宁静与和谐,让人仿佛置身于那片静谧而神圣的土地之上,感受着大自然的呼吸和脉动。她通过深刻的生态思想,丰富新时代背景下散文文学创作的思想和内涵,让我们在欣赏散文之美的同时，也能深刻反思人与自然的关系。

生态思想的深入阐释

在刘晓虹的散文中，生态思想得到了深入而细腻的阐释。她不仅通过文字展现了自然生态环境的美丽与脆弱，更在字里行间传达了对人与自然和谐关系的深刻思考。这种生态思想，不仅体现在她对自然生态环境意识的树立上，也体现在她对人与自然和谐关系重构的探索中。

首先，刘晓虹的散文中充满了对自然生态环境的敬畏与热爱。她以独特的视角，观察并描绘大自然的每一处细节。在《三月，与梨花之约》《六月，渗入灵魂的茉莉花香》《盛夏里守一场清雅心境》等作品中，她以细腻的笔触，勾勒出了花开花落、草木生长的生动画面。这些描绘不仅展现了自然生态的美丽，更在无形中唤起了人们对生态环境的关注和保护意识。刘晓虹通过她的文字，让我们看到了自然界的万物生灵都在各自的位置上，相互依存，共同构成了一个有机的整体。这种对自然生态环境的整体观，正是她生态思想的重要体现。

其次，刘晓虹的散文也深入探讨了人与自然和谐关系的重构。她认为，人类应该摒弃对自然的征服和掠夺，学会尊重自然、顺应自然、保护自然。在《花山水库的魅力与情怀》《车八岭，一本绿色的天书》《畅游东江湖》等篇章中，她通过描绘自己与山水的亲密接触，表达了对人与自然和谐共生的向往。只有真正融入自然，深切感受自然的脉搏，我们才能理解自然的价值，才能建立起与自然和谐共生的关系。这种思想不仅体现在她的文字中，更体现在她的生活态度和行动中。

刘晓虹的散文，就像一面镜子，映照出了我们与自然的关系。她通过具体的篇章，将生态思想融入字里行间，让读者在欣赏美景的同时，思考人类与自然的关系。她的文字，既有对自然的赞美，也有对人类的警醒。她提醒我们，自然是我们的母亲，是我们的根，我们应该像爱护自己的眼睛一样爱护她。

散文艺术风格的展现

在当代散文的广阔天地中，生态散文以其独特的艺术风格崭露头角，成为文学领域中的一股清流。它注重人与自然的和谐共生，以细腻的笔触描绘自然生态的韵味和魅力，将读者带入一个充满生机与活力的世界。作为当代生态散文的一部佳作，刘晓虹的《飘飞的落羽杉》更是展现了其独特的艺术风格。

刘晓虹的散文艺术风格，体现在她独特的语言运用上。她的语言质朴自然，清新脱俗，既保持了散文的典雅韵味，又融入了生态散文的生动气息。在《与春天邂逅》这篇散文中，她以细腻的笔触描绘了春天的美景："春雷，春天的第一声呐喊，响彻了大地，震开了含苞欲放的花蕊，让一丛丛探头探脑的花朵，变得含情脉脉。"

这样的语言，既生动又富有诗意，将春天的生机与活力展现得淋漓尽致。

在情感表达上，刘晓虹的散文充满了真挚与深情。她善于通过细腻的描绘和真挚的情感，将自然生态的韵味和魅力淋漓尽致地展现给读者。在《夕阳下的沈所河》一文中，她以夕阳为背景，描绘了沈所河的美丽景色，表达了对大自然的敬畏与热爱："夕阳下漫步沈所河畔，看那清澈的河水悠然地随着微风泛着涟漪，心中也随着舒缓的涟漪升腾一股安然、恬静，你会不由自主地惊叹这里竟然还有如此纯净的地方！"

在意境营造上，刘晓虹的散文也展现出了高超的技艺。她善于运用各种修辞手法，将自然景物描绘得活灵活现，营造出一种独特的意境。在《秋恋》一文中，她以生动的比喻和拟人手法，将秋天的景色描绘得如诗如幻，美不胜收："那南迁的鸿雁，在起飞之前不知道从哪里衔来细细的秋雨，滴落在片片的枫叶上，滴落在朵朵的菊花上，滴落在柔草的秀叶上，滴落在苍翠的松叶上，滴落在听雨人的心坎里。"这样的描写，让读者仿佛置身于秋天的美景之中，深深感受到了秋天的独特韵味与无尽魅力。

刘晓虹的散文作品，不仅展现了当代生态散文的艺术风格，更通过生动的描绘、细腻的笔触和真挚的情感，将自然生态的韵味和魅力展现得淋漓尽致。她的作品不仅具有深刻的思想内涵，更有着独特的艺术魅力，让读者在欣赏美景的同时，也能够感受到作者对大自然的热爱与敬畏之情。

以《北山竹海》为例，刘晓虹将竹子比喻为绿色的海浪，翻涌起伏，展现了竹海的浩渺。同时，她还通过对竹林中鸟鸣、风声的描绘，营造出一种宁静而深远的意境，使读者深刻感受到自然生态的和谐与美好。在《绿色韶关》这篇散文中，刘晓虹更是融入了自己的情感。她以生动的笔触描绘了韶关的美丽景色和绿色生态，表达了对家乡深深的眷恋与热爱。这种真挚的情感表达，不仅增强了散文的艺术感染力，更让读者深刻感受到作者对家乡生态环境的珍视与呵护。

人与自然和谐关系的倡导

在当代生态文学中，生态理念内涵的核心是倡导人与自然和谐共生，呼吁人类摒弃对自然的征服与破坏，转而尊重自然、顺应自然、保护自然，实现与自然的和谐共存。这一理念强调人类与自然是紧密相连的整体，人类应当在尊重自然规律的基础上，寻求与自然的和谐平衡。

刘晓虹的散文创作深刻体现了这种人与自然和谐共存的理念。她的作品不仅表达了对自然美景的热爱和赞美，更在字里行间流露出对和谐共生的深刻思考和热切期盼。她以细腻的笔触描绘自然风光的美丽与灵动，同时也通过生动的生活场景和情感体验，展示人与自然之间的亲密联系和相互依存。

在刘晓虹的散文中，她常常借助具体的自然景象来表达对人与自然和谐关系的向往。例如，在《飘飞的落羽杉》一文中，她以落羽杉的落叶为引子，通过细腻的描绘，让读者感受到大自然的神奇魅力。她写道："秋风阵阵，落叶就像一只只蝴蝶在空中飞舞，又像飞鸟的一支支羽毛随风飘落。那一片金黄是落羽杉生命中最成熟的色彩。"这样的描写不仅展示了自然之美，更在无形中引导读者去思考人与自然的关系，去感受大自然给予我们的恩赐和温暖。

刘晓虹的散文还通过描绘人与自然之间的互动，呼吁人们尊重自然、顺应自然、保护自然。在《探寻沈所古墟街踪迹》一文中，她通过对沈所古墟街的描写，表达了对历史文化的尊重和对自然的敬畏，也传递了保护历史、珍爱生态的重要信息。

此外，刘晓虹还通过具体的生活场景和情感体验来展示人与自然之间的亲密联系和相互依存。在《夕阳染红的落羽杉林》一文中，她以夕阳下的落羽杉林为背景，描绘沈所里村民的生活场景。她写道："那落日衔着一个农妇的身影走向黄昏，静谧中的小燕子，伴着黄昏暧昧的色彩，失控似的俯冲而来。""一个农夫牵着那暮归的老牛，扛着落日穿过落羽杉林走向回家的路。""夕阳下的落羽杉，迎着风轻轻摇摆，它是嬉戏不愿归家的牧童，还是在嘲笑那披着夕阳暮归的老牛？"这样的描写不仅让读者感受到了大自然的美丽与神秘，更让人们意识到人类与自然是息息相关的，我们的生活和情感都与自然紧密相连。

刘晓虹的散文创作深刻体现了当代生态文学中的生态理念与内涵。她以细腻的笔触和生动的场景描绘，倡导人与自然和谐共生的理念。她的作品不仅让读者感受到大自然的美丽与神秘，更引导人们去思考如何尊重自然、顺应自然、保护自然，实现与自然的和谐共存。在当今生态环境问题的严峻挑战下，刘晓虹的散文无疑为我们提供了一种宝贵的思想资源和精神力量。

结　语

刘晓虹的散文集《飘飞的落羽杉》以其独特的艺术魅力和深刻的生态思考，在生态文学领域留下了浓墨重彩的一笔。这部作品不仅展现了作者对绿水青山间的生态情思的敏锐捕捉，更通过细腻的描绘和深入的思考，将自然生态的美丽与脆弱呈现得淋漓尽致。同时，这部作品在提升人们的生态意识、促进人与自然和谐关系方面起到了积极的推动作用。她通过生动的笔触和真挚的情感，引导读者重新审视人与自然的关系，让人们更加珍视我们共有的绿色家园。

对于刘晓虹未来的创作，我们充满期待。相信她会继续以优美的文字和深刻的思考，为生态文学的发展贡献更多力量。我们期待着她能够继续深入挖掘生态思想的内涵，展现自然生态的韵味和魅力；期待着她能够创作出更多触动人心的散文篇章，让我们在欣赏美景的同时，思考人类与自然的关系；更期待着她能够以笔为剑，为生态环境的保护和可持续发展发出更响亮的声音。

（马怡林，中国散文学会会员，韶关市文艺评论家协会副秘书长，韶关市青年产业工人作家协会副主席）

目　录

001　与春天邂逅
005　夕阳下的沈所河
008　三月，与梨花之约
011　六月，渗入灵魂的茉莉花香
014　秋　恋
017　盛夏里守一场清雅心境
020　月圆人更圆
023　金秋满城桂花香
025　墨江河畔木棉开
028　初秋的雨
030　绿色韶关
034　花山水库的魅力与情怀
038　红石岩上杜鹃花儿开
040　在南雄邂逅"金色的网"
044　花儿争艳醉人心
046　桂花香氤氲在秋的暖阳里
049　夏日听雨

- 053　飘飞的落羽杉
- 057　紫荆花红满园飘
- 059　月亮跟着云儿飘
- 060　夕阳染红的落羽杉林
- 062　美丽沈所是一个你来就会爱上的地方
- 068　沈所桃花醉人心
- 070　沈所宝塔上一棵树的自白
- 073　春天在心里盛开的是欢喜
- 076　车八岭，一本绿色的天书
- 081　车八岭看雪
- 084　车八岭，一场红色的邂逅
- 088　北山竹海
- 092　清明的雨儿纷飞
- 093　谷雨与梧桐花的邂逅
- 095　飘飞的蒲公英
- 096　探寻沈所古墟街踪迹
- 102　红梨"打麻糍"
- 104　红梨大安坪泥鳅神传说
- 107　红梨管湖的金鸭麻
- 110　乳源大桥镇美如仙境
- 114　稔花开了
- 115　稔子熟了

116　九月，那秋韵时光
117　守护一方绿水青山
131　青春无悔
138　妇产科医生林庆银的无悔人生
145　白衣天使赞
152　穿山跨河，擎动粤北的"铁军"
163　自信是一种魅力
165　做阳光快乐的女人
169　用安静之心细品生活点滴
172　心态与幸福
175　把幸福快乐种进心田
178　感恩是一种修为
181　人生的高度
183　三月，在桃花春雨里
186　畅游东江湖
190　惊蛰里的温暖花香

与春天邂逅

春天,花开如诗的季节,带着红润的脸庞,洋溢着春的云彩,从静幕中走来。

春雷,春天的第一声呐喊,响彻了大地,震开了含苞欲放的花蕾,让一丛丛探头探脑的花朵,变得含情脉脉。紧接着,满山的野花睁开了眼,连成了片,汇成了海。

每朵春花都带着美丽的心事,每个梦都打着祥瑞的灯笼。油菜花的馨香与翻飞的燕影,疏落在梦幻之外。那片片争奇斗艳的花朵,向你敞开了笑脸,给红土地又一次铺满了万紫千红。与一场花开的邂逅,让人浅笑凝目。

春天,奏响了一支美妙的、舒缓的序曲,聆听着燕子、布谷鸟的心灵絮语。律动的音符,跳动在枝丫间,跳动在一朵朵楚楚动人的花里。

花红柳绿,是一幅浓墨重彩的风景画;鸟鸣虫吟,是一首沁人心脾的抒情诗。隐隐约约，飘飘忽忽，如烟如雾，似梦似幻，还带来了山泉的叮咚。

春天的雨是柔和的，春雨如烟似雾，如梦似幻，悄悄地落下来，飘飘洒洒，淅淅沥沥。我慢慢地感受着春雨的滋润，感受着春天年轻的心跳，感受着春雨浇洒着青翠的原野。

雨声里，每一片树叶，每一丛草，每一把土，都变成了奇妙无比的琴键。飘飘洒洒的雨丝，是无数轻捷柔软的手指，弹奏出一首首优雅的小曲。每一个音符都带着幻想色彩。街上人们撑着的花花绿绿的伞，仿佛是浮在水面上的点点花瓣。

春雨霏霏，雨雾弥漫，千万条银丝荡漾在空中，像是一串串珠帘，如烟似雾，笼罩着一切。活泼的燕子在雨中穿梭，用剪刀似的尾巴，剪断雨帘。

只见春雨在竹枝、竹叶上跳动着。那雨时而直线滑落，时而随风飘洒，留下如烟如雾、如纱如丝的倩影。飞溅的雨花仿佛是琴弦上跳动的音符，弹奏出优美的旋律。

春天的雨是婉约的雨，春天的雨，如梦如诗，如歌如韵！春雨清唱着，其实在挖空你的心思，道出你的惆怅，注释你的疑惑，弥漫你的想象。

喜欢春天的明媚，喜欢沐浴春天温暖的阳光，喜欢春花烂漫，喜欢呼吸春天花草的浅香。

一阵温暖的春风，挽着一缕清新的空气，春色涂抹一丝淡淡的韵味，撩拨起我的悠悠心绪，用一帘幽梦温着我斑驳的记忆，在静若止水的心海里微微漾起片片涟漪。

多少悸动,多少念想,都在春风春雨中倾城而来。思念,融进春风里,似水一样的轻柔,如梦一样的绵长。多么想,在一切白色的雨里为你执笔,把春种在纸上,把你刻在春里。

悉心倾听,风中花开的声音。多么想,在春天的深处,风当枕,雨作曲,花伴入眠,陶然怡人。

春天闪耀着金色,弥漫着土地和青草香气,像一首《欢乐颂》。那泥土的芳香湿漉漉的,沁人心脾。那一小股、一小股的山泉水,唱着欢乐的曲调,蜿蜒而下,在山脚下汇成一汪动人的青绿。青绿之中,一条条细尾鱼吻着青苔,蹭着石子,叫人好不惬意。

温暖的阳光,从错综的枝丫缝里透过来,鸟儿欢乐嬉戏的身影在林间若有若无。画眉的大号嗓子,百灵的娇柔浪漫,黄鹂的细语低吟,还有不知名鸟儿的齐声并奏,婉转动听的歌声在林中此起彼伏。

鸟儿们唱着不特定的歌,却做着相同的梦。置身此情此景,我宁愿时间永远停止,用心灵倾听那拨动人心的天籁。

小蜜蜂出来采蜜,它们从这束花飞到那束花。它们一会儿在空中飞舞,一会儿静静地停留在油菜花上。最快乐的是阳光下的孩子们,他们有的追逐跳跃,有的唱歌跳舞。

太阳携着春风向我们走来,万物复苏,希望发芽。它能让山河重新焕发益然的生机,让人心重新布满无穷的希望。

远处炊烟袅袅地升起,静谧的村庄在暖阳的笼罩下,和谐、轻舒、悠然，远离了城市的喧嚣与繁杂，格外的宁静。

阳光下，风变得和畅起来，山变得青翠起来，水变得澄碧起来。一些鸟儿忙着筑巢，忙着捕食，忙着谈情，忙着生育。它们整日里鸣叫不已、欢歌不断，仿佛是在诉说春天的故事，又仿佛是在歌唱春天的美好。

阳光透过晨曦的外衣，柔柔地轻抚着大地，到处洋溢着新的生命，感动了岁月，优雅了风情，让人整个身心和春天紧紧相拥在一起。

坐在绿草编织的松松软软的地毯上，望向天边的一朵朵飘逸的流云，静美的蓝天广阔无垠。春天的动态与静态完美结合，诉说着人生的精彩，诉说着一段岁月的缱绻和旖旎。

春光的明媚，流云的飘逸，绿水的柔情，花开的旖旎，暖风的含蓄，还有那春雨的绵绵，每当它们飘香踏水而来，我总是激情满怀，静静地等待。

多喜爱这如期而至的春，铺天盖地席卷而来的香气，是从几十里外田野或山林中传来的，是春天最深邃的气味。她绝对是一幅饱蘸着生命繁华的画卷。无论是破土而出的，还是含苞待放的，无论是慢慢舒展的，还是缓缓流淌的，只要季节老人把春的帷幕拉开，她们就会用自己独特的方式，在这里汇演大自然那神奇的活力。

让我借一树桃花的明媚，画一幅最美的春天，等待美妙灵动的四月天。让我再携一腔柔情诗意，去邂逅烂漫的柳絮飞舞。

多么想把愿望化作一粒诗的种子，让其在春的意境里，生根、发芽、开花、结果，然后以一种优雅的方式化身成一个美妙的梦。

夕阳下的沈所河

沈所河的水静静地流淌,不急不缓,走过了几百年。水从山涧走来,从久远走来,带来岁月与传说,恰好给了宝塔山神性的空灵。

一抹殷红色的夕阳照在沈所河畔,太阳向西缓缓地退着,像个俏丽的少女一样温存、恬静。我凝望着那朵毫无瑕疵的白云慢慢被红色占领,她显出特有的纯洁与端庄,在那红色的渲染下显得更加妩媚。云朵在夕阳的辉映下呈现出火焰一般的嫣红,倘若你仔细地看,你会看见那红色云絮在空中飘动,就像置身于轻纱般的美梦中似的,远离烦恼的困扰。

风儿吹皱的沈所河面,泛起了层层涟漪,折射着殷红的霞光,像撒下一河红色的玛瑙,熠熠生辉。艳丽的晚霞,像是打翻了的颜料,洒在天边,烘托着鲜红的夕阳,仿佛山火一样映红了天与水。而夕阳却像喝醉了酒,投入了水中,在晃晃悠悠中,把清澈的河水都染成了耀眼的殷红,可用"一道残阳铺水中,半江瑟瑟半江红"

来比喻此时此刻沈所河成熟的风韵。远处的小竹林闪着绿幽幽的光，在微风中轻轻摇响竹叶，风儿吹动树叶那沙沙作响的声音，像一首动听的歌。高空的风，恣意地追逐着、戏弄着红黑相间的云朵，夕阳的余晖不仅描绘了天空，还渲染了沈所河，水天融合成一景，震撼人心。一群白鹭鸟欢鸣着与落日一起在浅水中濯洗洁白的翅膀，一种安宁自由的气氛从头顶掠过，流淌一种无法言喻的静谧。俯瞰那带有诗意的沈所河，还有那披上了金黄绚烂衣衫的落羽杉，它们仿佛穿透了岁月风云，耸立在河水托起的夕阳里。

夕阳下漫步沈所河畔，看那清澈的河水悠然地随着微风泛着涟漪，心中也随着舒缓的涟漪升腾一股安然、恬静，你会不由自主地惊叹这里竟然还有如此纯净的地方！河边的水草里，那些藏匿着的青蛙和小鱼，似乎也要来欣赏夕阳西下的美景。听到鸟声滴落，这时，我才从黄昏的梦中苏醒过来，沿着远方炊烟指示的方向，似乎每一个音符都染上夕阳的微醉，滋润着我与日俱增的乡恋之情。这时，只见小河中照映着晚霞的影子，那些嘎嘎叫的野鸭们游到了岸边的草丛中悄悄躲藏。夕阳从宝塔山上斜射过来，地面的一切都罩在一片朦胧的玫瑰色之中。

沈所河日落的景象，使人好像进入仙境，我深深被这美景陶醉。只见一轮红日正在缓缓滑落，将西边的天空染得通红，河边的树林也好似抹上了一层淡淡的油，愈加翠绿诱人。落日收敛起它最后的光芒，天空似乎也不愿继续等待，迅速吞噬了落日柔美的身躯。微弱的光芒在告诉我，它是那么的不情愿离去。

夜幕降临了，我的脑海全都被这美得难以形容的"黄昏图"所占据。我是在遥想空中飞舞的红色浪花、令人心醉的落羽杉林，还是在思慕硕果累累的晚秋？此刻的寂静，如同飞越万彩交辉的夕照，带走了我的心声。源远流长的沈所河，在你的风景里，一切赞叹和抒情都显得无力和苍白。在此刻的寂静里，我挂念着你——夕阳下的小镇，还有我的童年。

三月，与梨花之约

阳春三月，春柳拂面，梨花灼灼，所有的花树都静静地迎候着萌发。和很多很多的花儿一样，梨花也是雪白的。梨花从一粒粒小小的珍珠花苞开始，然后在某一个清晨突然迎风怒放，毫无征兆地就开满了树梢。

桃花的粉，梨花的白，在这个烟雨霏霏的季节里，一串串如繁密坠饰，撒下馨香满袖。嫩嫩的叶，淡淡的花，白白的瓣，幽幽的香。吞吐着春意，静静地蕴藏着春的灵魂。

当你来到始兴城南的蜜梨花园，银装素裹的梨树散发着阵阵淡淡的清香，惹得蜜蜂在花丛中翩翩起舞。梨花洁白淡雅，清香馥郁，一串串、一团团、一簇簇，挤压在枝头。素白的花儿，躲在嫩绿的叶子间，在和风的吹拂下，香气弥漫于空气中，飘满梨园，那种清香能安神静心，润脾清肺。

我静静地伫立于树下，慢慢地享受、品味清香。看着那雪一般洁白的梨花，仿佛是能工巧匠们用白玉雕刻而成。看着满树的梨花，那一簇簇梨花就是一串串清香的梦，就是一曲曲不朽的生命乐章。

梨花不娇媚，不做作，不炫耀，也不张扬，朴实得只有一身素白，白得如晶如玉，白得纯洁无瑕。这么朴素而又纯洁的梨花，她的芳香无花能比。梨花的香味有点特别，不是茉莉的馨香，不是苹果花的郁香，也不是金桂的静香。梨花香味淡雅，撩人心脾却又若有若无。再抬头，就看见那些梨花，好像是数不清的微笑的脸庞，目光里充满了纯真和与世无争的泰然。看着这些素白的小花，除了沉甸甸的感动，就是满当当的柔情，还有不忍离去之感。这时候，似乎天也醉了，风也醉了，蜜蜂也醉了，更重要的是人也醉了。

清晨的梨花瓣上，还带着露水，晶莹剔透。阳光慢慢从地平线照来，花瓣上的露珠一闪一闪的。阳光下，香气越来越浓，花香中带着春的清淡，带着夏的热烈，带着秋的丰厚，带着冬的凉爽，还拥有着阳光的味道和母亲般的柔情。

和煦的微风里，地上的梨花零零散散，姿态万千。在风里，梨花就是那一串串白玉般的风铃，似流淌的山泉，叮咚着奔向远方。我想，在雨里，你一定似一把把撑开的玉伞，开出万花不可及的美丽。在盎然的春意里，在缤纷的花瓣中，满身落花，满身清香，让人流连梨园。洁白梨花那弱小的身体，在风的伴和下，有的在地上打着滚，像个顽皮的小孩子；有的躲在角落，像个害羞的少女；有的跳到行人身上，像个美丽动人的仙子。拾起一朵梨花，花瓣已失去了它原有的色泽。再仔细看看，它好像还在颤抖，花瓣微微扇动着。有时面对那几朵在风中摇摆的小花,心中也会产生一种怜悯的感觉,生怕春风会伤害了它们。

一串串洁白的音符,在花间荡漾、流转、盘旋,细细的柔情闪过粉红的云烟,是温暖,还是眷恋?一朵花和另一朵花,温柔地睡在我的怀里,似乎蝴蝶的脸也在它们中间若隐若现地闪动。漫步于梨花树下,沐浴在花的清香里,花在枝间轻轻垂下,有的肆意地展颜吐蕊,有的羞怯地半开半闭,有的不解风情地芳心犹抱。微风中,枝条摇曳,树叶沙沙作响,使人感觉远离了尘世的喧嚣,忘却了烦恼忧愁。清脆的鸟鸣声,宛若一曲悦耳动听的音乐,缓缓地流入了心田。我不知不觉已醉在这静雅的芬芳里,醉在这梨花竞放的水墨画之中。

我喜欢站在梨树下,静静地倾听阳光和花的呓语,喜欢听蜜蜂与花的情话,喜欢听风与花的呢喃。站在梨树下,我能听到春天的心跳,听到花瓣深处灵魂的低语。我已沉浸在这浓郁花香里,心跟着一起甜蜜,一起沉醉。

六月，渗入灵魂的茉莉花香

　　初夏六月，优雅纯洁的茉莉花绽放了，清香四溢，醉人心田。每当茉莉花开，我喜欢驻足花前，倾听那带着馨香的花语。

　　六月是一个美好的月份，充满希望与活力，有着湛蓝湛蓝的天空，还有那明媚的阳光。在流动的时间里，我喜欢坐在花盆旁，看花朵静静开放。我有时觉得，茉莉花像一位落入凡间的仙子，独自美丽，从不期待别人的侧目。我总是禁不住俯下身去，轻嗅芬芳，那是我小时候最喜欢的花的味道。如丝如缕的茉莉花香，似乎扯动着每一个细胞，让身心顿感愉悦。

　　我十多岁的时候，家里也种了几株茉莉花。茉莉花的花、叶都非常惹人喜爱。茉莉花的叶子是椭圆形的，碧绿碧绿的。清晨，碧绿的叶子上滚动着许多亮晶晶的水珠。在阳光下，那一片片叶子绿得发亮，一条条花枝伸出盆外，花枝的顶端是嫩绿细小的新叶。它在七月间开最多花苞，一个个小米粒那么大。花骨朵越长越大，过两三天，绿叶间就开满了白色的小花，又娇嫩又鲜美，层层叠叠，而且越来越多，香味也越来越浓郁，在微风吹拂下，飘来阵阵清香。睡觉之前，我总喜欢摘几朵茉莉花，放在桌上，让阵阵馨香伴我入睡。

  茉莉花既不像太阳花那么绚丽多彩，又不像月季花那么婀娜多姿，更不像牡丹那样雍容华贵，而是具有一种清秀、幽静、含蓄的美。你看那花苞，小小的，饱满的，像是微微颤抖的婴儿的身体，那样可爱，那样弱不禁风，那样惹人怜爱！仔细欣赏，便又觉它像极了穿着雪白舞裙的公主，在不断地旋转着，沉醉在自己的美丽之中。有的开得像穿着时尚礼服的模特，裙摆叠罗汉似的重了几层；有的开得婀娜，像极了那天上披着白色轻纱跳舞的仙女；有的开得极其雅致，像雪域高原上的雪莲，白得清纯，白得娇嫩。每次看到"暗香"这两个字，我都深深地敬佩古人造词的能力，简简单单两个字，其美妙之处只可意会，不可言传。单从气味上说，茉莉花香是含蓄的、内敛的，但是能沁人心脾，让人心跳加速，闻过即难忘。而从程度上来说，那香气不是劈头盖脸，而是似有若无，不经意间闻到，回头找寻时却了无踪迹。只觉得在看到那些纯白淡雅花瓣的瞬间，就分外舒心，即使不言不语，只这样静静看着就有一种柔软韵律之美。看着它们在和风煦日下搔首弄姿，引来蝴蝶献舞、蜜蜂献吻。

  晨睡中，茉莉似乎披上了一袭轻纱，霞光轻抹，好似天上飘下的白云。月白风清之夜，茉莉承受着月光的爱抚，亭亭玉立，素雅、娴静，好似下凡的仙子。

  娇柔的花瓣，优美的花型，纯洁的白色，构成朵朵神圣而美丽的茉莉花,又如凌波仙子般飘逸自然。在我的心中,她比荷花更秀丽,比菊花更朴实。虽然她的生命短暂,只在世上待几天,但是她那美好纯洁的形象早已经铭刻在我的心中。

一阵微风吹过,茉莉的白色花瓣一片一片掉落下来,好像忧伤的眼泪。这场景好像亭亭玉立的少女在哭泣,好不悲伤。我仿佛看见,那些美丽的花瓣都变成玉蝴蝶,又像一群穿着白色衣裙的小女孩在舞蹈!或许,茉莉花是寂寞的,所以,她才会选择孤独地绽放,素颜修行。其实如此甚好,孤独并不可耻,素颜修行也没什么不好,人生朴素的核心,就是简简单单地活着,为自己,为梦想,为明天。同时,我也明白了,茉莉花无论开放,还是凋零,都是最美的。我喜欢茉莉花,那么喜欢,以至于连心里也住进了一朵茉莉花。

六月的茉莉花香渗入灵魂。透过时间的山岚,如泉水流动,缓缓入了鼻息,再流进心底。不经意间,茉莉花的香气渗透在生活的空间,历久弥香。

秋　恋

秋天来了，凉得那么称心如意，凉得那么悠然自得，凉得那么安静平和。

我是喜爱秋天的。爱秋天的娴静、成熟、风韵。因为，秋天是唯美的，这个季节的天空更湛蓝，云朵更洁白。这时的秋叶也渐渐变了颜色，斑斓、绚丽，令人沉醉。秋天是厚重的，这是一个凋零的季节，也是一个丰收的季节。它在枫叶的陪伴下，显得极其浪漫，极其奢华，却又摆脱不了轮回的宿命。正因如此，秋天多了一分壮丽，一分凄美，一分深沉，绚丽多姿。

我不可救药地爱上了秋，爱上这种大气、深沉的美。我喜欢看夕阳西下时，那悠悠的音乐循环回响在远方的殷红天际。一只孤雁掠过夕阳，久久在天空徘徊、流连，直到夜色渐渐笼罩，最后的一丝光亮隐没……

当秋风拂过，红叶像蝴蝶般在空中盘旋。那南迁的鸿雁，在起飞之前不知道从哪里衔来细细的秋雨，滴落在片片的枫叶上，滴落在朵朵的菊花上，滴落在柔草的秀叶上，滴落在苍翠的松叶上，滴落在听雨的人的心坎里。

枫叶也很喜欢品尝秋雨，也许是因为秋雨是天使的眼泪，那秋境，也许是天使的化身。当秋雨落下，枫叶张开小小的嘴巴，让清爽、甘甜的秋雨滴进嘴里。它也喜欢秋雨的萧瑟，因为那萧瑟里藏着的是一幅绮丽的画。

当看见阵阵秋风将枫叶毫不怜惜地从树梢拽下，红叶在空中翻飞，无可奈何地随风飘散，那时我突然怜悯枫叶是怎样的孤立无助。那沙沙低沉的声音，总会给路过的人留下一串串伤感的回忆。

当红叶随着溪水奔流向远方时，我百感交集，感到它漂向远方时，是那样的义无反顾，那样的坚定从容。也许枫叶除了坚强，还有壮烈在血液里流淌，骨子里有一种不屈的东西。这是一种血性，是与生俱来、纯自然的。也许，这就是枫叶为什么这样红吧。

如果说秋是寂寥的、孤独的，那人的一生也是一半风雨、一半晴天。阴晴圆缺是人生的常态，人也许就是在享受孤独中度过自己的一生。在我的心目中，秋天是深沉而浪漫、宁静而热烈的。在秋天阅读，可以读日读月，读天读地，读"海上生明月，天涯共此时"。此时，你会感到，天地要多辽阔，就有多辽阔，心要有多寂寥，就有多寂寥。可以站立泰山之顶，品读孔子的襟怀；可以泛舟沧海，品读老子的无为；也可以端坐菩提树下，感悟佛祖的无我。这些大自然无字的经文，唯有亲临秋的阅读者可以悟到。删去情欲，删去冗杂，删去贪念，秋最终还是沉静了。回归自己的内心，回归自己的本来面目。每一段人生的开始与结束，都是一个归零的过程，再奢华的，终要衰落；再强盛的，都会腐朽。回到人生的秋天，一粥一饭、一花一水，都那么值得回味。

我喜欢的秋天是多彩缤纷的，有细雨，有红叶，有朦胧的雾。那领命南迁的鸿雁，悠然自得地点缀在碧蓝的天空和绿水青山之中。多少情、多少爱写在枫叶上，枫叶带着情、带着爱妖媚在红尘里。

我恋秋，不知道是从何时开始的，只记得近日秋意正浓，我特意从树枝上摘了几片枫叶，夹在我的书中。尽管我知道它是怎样的不情愿，但我仍希望它能让我心中的秋成为一个短暂却永恒的季节。

盛夏里守一场清雅心境

七月,稀疏的蝉鸣,热辣的阳光,在微风缱绻中迎来盛夏。几天来的高温闷得人喘气都困难,躲在屋内,看着阳台上的那些花儿静静绽放。清新淡雅的太阳花吐露着芬芳,各种花在阳台上顽强地吐着新枝,偶尔萌出的淡黄色的叶片,宣示着生命的顽强不息。

看着这些盎然的生命所散发出的满目绿色,心,也在这炎热的夏季里感到丝丝的清凉。虽然在流火的七月,许多人抱怨天气太热,但倘若你在六点起床到户外散步,你会置身于那秋风似的快意中,流连忘返。因为,立秋节气马上就会来了,离清凉的秋天不远了。

若你认真去观察,其实盛夏里有许多美景,有风,有雨,有荷开,有莲韵,还有更多生活的琐碎与欢喜。而我坐在盛夏的时光里,始终微笑着,与生活清欢。

夏日的天空也是有生命的。林海里蝉鸣的声浪,街巷里人们的絮语,是生命的声音。透蓝的天空,悬着火球似的太阳,云彩好似被太阳烧化了，消失得无影无踪。夏的阳光从密密层层的枝叶间透射下来，地上印满铜钱大小的粼粼光斑。风儿带着微微的暖意吹着，时时送来布谷鸟的叫声。

肆意倾泻的阳光，怒放的花朵，是生命的形体，一切都在展示着它独特的生机，一切都在宣告着它灿烂的生命，这就是一场盛大的夏日宴会。

从内心讲，我是喜欢夏天的，而且总能领略夏天的许多好处。夏天会使人变得年轻，因为一到夏天，你不得不卸下厚实的外衣，连同收起那古板肃穆的面孔，让肌肤与阳光天天亲近。最起码没有寒风的侵袭，人感到自在。而夏天也是一个生命力旺盛的季节，芳草地绿油油，荷花素洁高雅，毛茸茸的桃子已挂满了枝头。调皮的小娃娃打着赤膊，大叫大闹，掏鸟窝、追松鼠、赶麻雀，再胡乱扯掉身上的遮羞布，与河水相嬉，与自然相融，何其洒脱。

除了热辣辣的太阳把天地照得明晃晃之外，闹哄哄的知了便是整个夏季的主角。似乎从听到蝉鸣的那天起，就能感到空气有了热度。蝉鸣愈响，天气似乎也就愈加热了起来。其实知了是要感谢夏季的，它因夏而生，于夏而亡，在最热烈的季节里，完成最绚烂的生命。高温的夏天对于蝉来说，是乐园，也是归途。它们于地底蛰伏，短则三五年，长则可达十七年，重见天日不过一季，就迎来生命的终点。

忽然想起，小时候妈妈常说一句话：心静自然凉。也许是习惯了安静，无论外面多热，依然会让自己在静谧中，寻得一份清凉。

多么想,在盛夏里,寻一处静谧,把那些美好的情愫装进岁月的行囊里,把絮语藏进记忆的怀抱。迎着七月的明媚阳光,续写蒹葭苍苍里执手的歌谣,聆听烟雨蒙蒙里厮守的童话。多么希望,在盛夏流年里,携一缕清凉入心,守一份淡然,煮一壶浓浓的真诚沉淀成酒,与你、与我、与他,寻一份超脱之后的平淡,守着岁月慢慢变老!

月圆人更圆

离中秋节还有一个月,街头就已能看到月饼的影子。嚼着店家自己炒制的红豆沙,在那软糯、醇香的甜沙里,已经能尝到中秋节的味道。

小时候,每临近中秋节,期盼的心油然而生,其主要的原因,是即将要吃到心仪的纯正豆沙月饼了。父母告诉我:每年农历八月十五,是传统的中秋佳节,这是一年秋季的中期,所以称为中秋。在中国的农历里,年分为四季,每季又分为孟、仲、季三个部分,因而中秋也称仲秋。八月十五的月亮比其他几个月的满月更圆,更明亮,所以中秋节又叫作"月夕""八月节"。这时候的人们仰望天空中如玉如盘的朗朗明月,自然会期盼家人团聚。远在他乡的游子,也借此寄托自己对故乡和亲人的思念之情。所以,中秋节又称"团圆节"。相传中秋那天,如果你仔细看,就会发现圆圆的月亮里面有黑色的影子,那就是广寒宫里的嫦娥、吴刚、玉兔和桂花树。

此后，每到中秋节，我就喜欢凝神望着月儿，口里嚼着香甜的纯正豆沙月饼和纯正白莲蓉月饼，听妈妈讲着月亮的传说。我曾经站在静处悄悄凝望月亮，希冀能看到传说中广寒宫里的嫦娥、吴刚、玉兔和桂花树。不过，只有柔和的月光洒在我身上。中秋节是圆的，圆圆的月亮，圆圆的月饼，圆圆的笑脸，总是勾起那遥远的嘱咐与思绪。

长大后，我曾读过唐人曹松的《中秋对月》中"直到天头天尽处，不曾私照一人家"的诗句，也曾读过李白《峨眉山月歌》中"峨眉山月半轮秋，影入平羌江水流"的绝句，还有朱自清先生的《荷塘月色》。他们均写月，写月的无私公平普照大地，写月的淡淡月光给人安慰。月亮从古至今都是思念、温柔、恬静的象征，尤其是中秋圆月，令多少诗人睹物生情，写下传世之作。

又逢中秋，这个中华民族的传统佳节。那一轮清清朗朗的明月，从远古到今朝，圆了又缺，缺了又圆，给人以美好的向往，赋予遥遥把盏的思念。从乡村到城市，这明月让多少合家团圆的喜悦挂上桂影婆娑的枝头，又让多少久别重逢的亲人偎依私语。一轮明净如水的月，流淌着温婉的遐思，泼洒着浅淡的水墨，向世人徐徐舒展了一轴饱含盛情的画卷，给人以美好的回忆与向往。

吃月饼是节日里必不可少的一道环节，到了如今更是不可缺少的一个形式。一家人围坐在一起，赏着天上的明月，品着一壶香茗，吃着手里圆圆的月饼。它象征着一家人的美满团聚。月饼的制作从唐代后就越来越有讲究。苏东坡有诗云："小饼如嚼月，中有酥与饴。"清代杨光辅写道:"月饼饱装桃肉馅,雪糕甜砌蔗糖霜。"如此看来,当时的月饼已和现代的非常相近了。

中秋月,一轮清澈,千百年来流淌过江南的水乡,跋涉过塞北的烟尘,经历过秦时明月汉时关的遥望。愿今年的中秋节,愿所有的人,花好,月圆,人更圆。

金秋满城桂花香

满街的桂花不露声色,在金秋十月悄然开放。漫步在街头,街两旁缓缓飘下的桂花落在脸上,轻轻地、细细地,带着丝丝香味,亲吻着滑过我的脸颊。那令人陶醉的香气,弥漫在熙攘的大街小巷,荡漾在如诗如画的小城。幽幽一缕香,甜甜地、淡淡地、袅袅地飘进大街小巷。桂花那令人痴迷的馨香会使你情不自禁地撷一枝,小心翼翼地把它夹在书里。它不曾有艳丽的色彩,更不曾有妖娆的风姿,一串串小金铃似的黄色小花,像星星似的点缀于绿叶之间。但倘若一阵秋风吹来,那迷人的桂花香会把整个深秋俘虏。我徜徉在大街上、小街边,桂花那特有的香气,像调皮的小精灵,对我紧追不舍。我无意间摊开手,金色的桂花就落在我的手掌上,香味刹那间在手中弥漫开。在骄阳的洗礼下,桂花散发着诱人的香。花丛中蝴蝶在悠闲地飞着,蜜蜂撅着屁股在忙乎不停,估计也像我一样迷恋桂花的香味。伴着秋雨纷纷掉落的桂花,形成了一小阵桂花雨。

桂花的香在雨后更浓，最能激发人们的情思，给人以无穷的遐想。月下的桂花树，影影绰绰，那无法控制的香味，伴着柔情的月光分外诱人。

我欣赏桂花树，不是因她香飘万里，不是因她四季常青，而是因她未开花时的平凡、开花时无私的奉献、开花后无所求的坦然。它总喜欢孤独、骄傲地绽放。它不像菊花那样铺天盖地的醒目，不像蜡梅那样唯我独尊的冷酷，不像牡丹那样无所顾忌的张扬，不像玫瑰那样勾魂摄魄的诱人，不像荷花那样茕茕孑立的淡雅。细品起来，桂花的美，应是外表的含蓄幽雅，内蕴暗香。看似朴素的碎花却能释放惊人的香味，它已把山城渲染成一座香城。

墨江河畔木棉开

四月伊始,又是一年木棉花开时。春风轻拂,那仿佛用红墨浸染的木棉花,如烟如霞,铺天盖地在河畔公园绽放。

河畔公园共种了十棵木棉树,有橘黄色和深红色两种。花儿开在久雨初晴的春天,它那宛如铁臂伸张的枝丫上面,盛开着千千万万朵木棉花,就像是一把把高擎的火炬,放射出万丈光芒。红棉怒放,犹如血液一般的鲜红,犹如朝霞一般的光耀,犹如火焰一般的炽热,犹如太阳一般的红亮,也有蜡梅般浓墨重彩的红。

木棉树不先长叶,干脆地一步到位,把所有的红硕花朵都擎出来。花朵特别多,这一团那一簇的,仿佛非要把所有的激情都宣泄出来不可。因为树很高,我抬头仰望,它们真的很像一朵朵燃烧的云。这样的日子不能长久,所以它们似乎在争分夺秒地尽情绽放,对淅淅沥沥的春雨毫不在意。

四月的墨江河畔满目葱茏,满城娇艳,繁花似锦,各种花儿竞相怒放。高大挺拔的木棉树以它十几米的高度，使木棉花在万花丛中呈现出鹤立鸡群之态。许多不知名的小鸟在欢笑跳跃，好像春天的到来给它们带来了无比的快乐。树荫下三三两两的老人在唱歌、弹琴、拉二胡。这些老人们弹唱得那么起劲，也许被木棉花的灿烂热情所感染，恍然以为青春可以重拾。

木棉树，因其树形高大，雄壮魁梧，枝干舒展，花红如血，硕大如碗，又名"英雄树"。当木棉花盛开时，它倔强地不要绿叶的衬托，总是高高矗立在周边树木之上，笑傲阳光雨露。即使坠落也掷地有声，花不褪色，身不萎靡，干脆利落，如英雄般告别尘世。撒落一地也具有侠骨柔情，又那么的妩媚动人，不染杂色，执拗地抱着自己的信念，守护自己那份圣洁。即使落红殆尽，也要留下满城飘絮的思念，让你回味无穷，让你期盼着来年定要再次一睹其芳容。红棉花喜欢轰轰烈烈地洒下滚烫的热情，让所有生命骤然鲜活起来，用凝聚的精气把生命的感动颂扬。木棉花置身于喧嚣的红尘，置身于忙碌的城市，却总是淡定从容，不知带给人们的心灵多少安慰，难怪广州把木棉花定为市花。

河畔公园，涌动着一树树鲜红的木棉花。它如此的殷红，难道仅仅是传达春的信息？还是想与天空的彩云和城市的霓虹争高下？或是想借此显露自己的热情奔放？

墨江河畔因景而美，因人而醉，不负这满眼灿烂的红。

每次走到墨江河畔公园，看到绽放的木棉花，内心都会涌起别样的情怀。不只是因为它的美丽，更是因为它火一样的热情。豁然开朗的我走进红棉花绽放的喜悦中,行云流水般的思绪随风舞动,眼前流动着历史的轨迹、岁月的痕迹、神思的足迹,还有诗情的墨迹……

初秋的雨

初秋的雨,带着清凉,追随着一片片落叶优雅而至,以温柔的姿态向人们宣告秋的到来。如果你是个喜欢听雨的人,那么你一定喜欢秋天的雨。

每当秋雨过后,那高洁的蔚蓝天空,宛若一块巨大的画布,那如絮的白云,随意涂抹出一幅幅亮丽的画卷,给人一种闲适的情怀。羡慕那一朵朵白云,潇洒地随风飘游,静静徜徉在那片洁净的蔚蓝里,安享一份随遇而安的简净之美。风来,随清风翩跹起舞;雨来,伴着雨滴享受那份剔透晶莹。

淡淡的秋雨,淡淡的白云,淡淡的蓝天,淡淡的秋风,淡淡的秋光,它们是那样的清浅而爽朗,如美少女般温柔似水。敏感可爱的生灵们经过秋雨的洗礼,似乎感到秋天到了,离冬天已不远。那勤劳的小喜鹊衔来了树枝,撅着小屁股在忙碌地造房子;小松鼠找来松果做粮食;小青蛙在加紧挖洞,准备舒舒服服地在寒冷的冬天里睡上一大觉；还有小树叶，赶紧穿上厚厚的油亮亮的衣裳，也不甘落后地在飘呀飘……

  初秋的雨，不但惊醒了叶子上的露珠，打湿了高楼瓦砾，而且总是让人产生些愁绪。在秋雨里，那悲喜欢忧的情愫，总喜欢蕴藏在平仄不一的文字里，浅浅书，细细品，深深藏。或许，经年后翻阅，依然会涌动起如初的心绪。有人感叹秋风秋雨愁煞人，有人赞美秋的静美，赞美秋的硕果。我们其实无须纠结于秋的清凉而忽视了秋的果实，我们亦无须在秋雨里有太多的伤感。最起码，这是一个收获的季节，我们收获了婚姻家庭的成果，收获了事业的果实，我们有了安稳的生活。人的一生，幸福莫过于此。

  初秋的雨儿纷飞，滴答滴答地唱着一首首快乐的歌，带着秋的收获。让我用一滴墨的湛蓝，把秋雨的醉意写完。

绿色韶关

韶关,正被一棵棵树托举出自己的一片绿。这绿色形成了一面旗帜,迎风招展,向世人挥舞着属于自己的魅力。

韶关,有"华南生物基因库"和"珠江三角洲生态屏障"之称。当你静下心欣赏美丽的武江、浈江、北江、杨溪河、墨江,你会发现蓝天与大地相拥浅笑,钦羡白云与波浪执手曼舞。抬首是天高云淡,俯首是渠清如许,有山岚抚鬓发耳垂。

你深知,有了绿色,才有生命,有了追求,才有目标。三区七县,共创文明城市;全民动员,成就绿色承诺。

生态复绿工程后,昔日矿山,已被森林覆盖得一片苍郁。

从千疮百孔的矿山复绿到山水林田湖草生态保护修复,从严惩开山毁林行为到追求"一张生态蓝图管到底",从淘汰落后产能到谋划生态保护和生态发展事业,为粤港澳大湾区建设提供更加坚实的生态屏障。大宝山新山片区，历史遗留矿山生态修复工程使其成为郁郁葱葱，覆盖着马尾松、杉木、早熟禾、格桑花的生态园。

七个春秋，韶关投入造林绿化资金23亿元，完成国土绿化面积17万公顷，抚育森林面积42.7万公顷，实施封山育林91万公顷，建设乡村绿化美化省级示范点603个。

2019年，全市纳入省考核的13个地表水考核断面水质达标率100%，优良比例100%，市区空气质量优良率达到90%以上。

那些数不清的树木，它们都集体站起来，为的就是给韶关托举出一片绿色的天空。那些数不清的不知名的小草，就这样铺展着，为的就是给韶关的大地铺上一层厚厚的绿地毯。

假如你漫步竹海，踏着晨雾走在林间铺满落叶的小路，就像在绿雾里穿行。

一座城市，似乎瞬间就绿了起来，一望无际的绿，生机盎然的绿，诗情画意的绿，震撼心灵的绿。关于这绿的故事，会被一代代的韶关人传颂下去。

绿色是韶关的底色，生态是韶关的名片，山、水、湿地、湖、林、洞，宛如饱蘸绿色颜料的毛笔，描绘出全域旅游发展的壮丽诗篇。

仁者乐山，智者乐水，绿色美丽的韶关，总有一方净土。一望无垠的森林，变成了天然氧吧。丹霞山、水上公园、恐龙博物馆、生态植物园、车八岭自然保护区、马尾松林，让你远离城市的喧嚣。如果你有幸来到韶关，你会领略浓似春云淡似烟的旷世美景，这会牢牢镌刻在你的心坎里,让你流连忘返。

镶嵌在韶关沃土上的丹霞山,被誉为"中国红石公园",方圆数百里,雄奇险峻。在那烟岚雾霭之下、群峰深壑之间、摩崖庵寺之中,不知隐藏着多少未解之谜,撩拨着人们寻幽探秘的欲望。它那奇峰异景,雾峰仙境,令人陶醉,令人流连忘返。它的神奇和变幻莫测,吸引着无数海内外游客纷至沓来。还有那巍巍宝塔山,为历代沧桑撰写着流年。

每一条碧水,都在唱着生命赞歌。那些被流水滋养的绿色,都懂得感恩。你看它们将自己郁郁葱葱的绿色,不是点点滴滴都奉献给这韶关大地了吗?这些有生命的绿色,不就是最美的城市名片吗?

韶关,是粤北大地上的一颗璀璨明珠。这是一座能够让你停下脚步深深呼吸的千年古城!这里,有山、有水、有诗、有画!浈江河水源源不竭,是奔腾不息的长诗。森林公园的四季风景,是色彩斑斓的油画。

绿色韶关,在粤北的版图上璀璨夺目。在城市的建设中,你奉献一切;在生态平衡的维护中,你捧出绿色。我爱你,绿色韶关。你有钟灵毓秀的雄奇山川,蜿蜒曲折,纵横千里。千百条小河,汇聚成浈江河、武江河,造就了沃野千里,绿洲万顷,孕育了绚丽灿烂的文明城池。

在我的惊讶中,数不清的绿色在一个劲儿地蔓延扩展,似乎它们要将这里的山山水水,和每一寸土地,都染成绿色。绿色生态,让韶关大地露出希望的光芒与色彩。我被你拉进一望无际的绿色里,追逐、嬉戏、狂舞、深呼吸……

花山水库的魅力与情怀

始兴县的花山水库你来过吗？这里山牵着山，山叠着山，山山相连；这里水连着水，水绕着水，百折千回，奔流不息。这里青山依着碧水，碧水映着青山。山峦在云雾之中时隐时现，使人感到如入仙境，怪不得有人把花山水库誉为"始兴的西湖"。大风吹过，雾气飘散，朵朵白云像只只蝴蝶，绕着千姿百态的山峦翩翩起舞。

始兴县花山水库位于墨江一级支流沈所河的中下游，距离县城11公里。水库集雨面积48.2平方公里，总库容1368万立方米。

我们一行五人去花山水库，沿途能感受到那婆娑的落羽杉是那样葱茏，那晴晴的蓝天、淡淡的白云、绿绿的稻田、袅袅的炊烟，那带有乡土气息的田园美景，如诗如画。

这是一片沸腾的土地，生机勃发、活力张扬、资源丰富。长流的沈所河水，赋予沈所镇钟灵毓秀的诱人活力。淳朴的民风、勤劳的人民，赋予它发展创新的无限空间。贯穿全镇的高速公路、省道、县道，赋予它开拓进取的快捷路径。

我们登上近200米长的坝顶，跨过5米多宽的坝顶路，只见三面青山环绕着一泓平湖，碧绿里透着晶莹，微风徐徐吹来，湖面泛起层层涟漪。青山的倒影给水库染上团团墨绿，碧水看上去深不可测。金色阳光射向碧水，水面上闪烁着万点金星，像魔术师抖动着一块镶嵌金丝的绒布。蓝天白云也为清澄的库水抹上一层油彩，你会为这绝美的景色所倾倒。这里是诗、是画、是意境凝结成的一曲乐章，不是仙境而胜似仙境。这山、这水，都会让你超凡脱俗。若你在既伟岸又壮丽的大坝上漫步，思绪会在这湖面上飞驰。来到大坝前，只见大坝上刻着四个红色且醒目的大字——"花山水库"。大坝上有小孩在走，远远望去，就像一只小蚂蚁在爬。举目远眺，前面水随山转，道道凸起的山包形成一个个小水湾。不愧是始兴县的第一大水库，其魅力并不亚于一片海湾。几只野鸭在水上嬉戏，一群白鹭抖着银翅在山间时沉时浮。俯瞰山下，农田条块相连，庄稼丰收在望。

我们沿着水库边缘曲曲折折的山路缓缓行走。水库的水可清了，依稀可以看到游动的鱼儿和碧绿的水草，我们都被这灵动鲜活的景色迷住。我们在花丛中、绿树间、水库边尽情地拍照，留下最美丽的瞬间。微波荡漾的水面，眼睛望不到边，一阵微风吹来，水面上泛起一层层波纹，在正午阳光的照耀下，闪耀着光点。

水库的水是那么清澈，每一滴水、每一棵树、每一座山，甚至每一片云都记录了水库建设者们的辛劳与祝福。如今，这水库正在造福始兴县十多万人民，她把自己那甘甜的乳汁，哺喂给全县十几万人民，她用自己身上的热血滋润着几万公顷的良田。正因为这个水库，始兴才得以旱涝保收、五谷丰登，才有如今的繁荣和昌盛。

水库的周围，青草野花一束束、一丛丛，斑斑点点，铺天盖地满是新绿。那青草的芬芳，猛吸几口，让人心醉神迷。蓝天白云下，鸟叫虫鸣，布谷鸟在山中布谷布谷地喊着，一群麻雀也在树上叽叽喳喳，喜鹊露着花白肚皮在空中飞翔וれ咏唱。这陌生又熟悉的环境，你只要留心，总能感受到诗一般的韵致，体会到稍纵即逝的振奋。

黄昏时，当你坐在拦坝上，很轻易地便可以看到西边天空中，落霞满天，不远处的山村，整整齐齐的房屋，正有炊烟袅袅升腾。湖面上火红的夕阳把湖水染得斑驳陆离，似一双双金色的眼睛在眨。我闭上眼，静静聆听着湖水与山、与风、与夕阳的亲密私语，湖风凉凉的、柔柔的，那感觉十分惬意。

水库大都是新中国成立后兴建的。在百废待兴，物资匮乏，人们缺吃少穿的年代，父辈们用战天斗地的气势，硬是咬牙勒腰，肩挑手推，用简易笨重的工具，一鼓作气建成了一座座惠及千秋万代的伟大工程。其间也涌现了许许多多无私奉献的人物、可歌可泣的故事传说，如总指挥刘创、副总指挥张业盛等的感人事迹。花山水库建设尽管已经过去了半个世纪，但它所蕴含的众志成城的思想风貌和精神品质，永远激励和鼓舞着新时代始兴人为追求新的梦想而奋斗。

水是大地的灵魂，是庄稼的血脉，是人类的源泉。饮水思源，花山水库建设者们开拓进取、迎难而上、敢于担当、甘于奉献的精神我们不能忘记。这种精神今天依然有着强大的生命力和激励作用。水库建设者、指挥者的责任与担当，经沧桑岁月而永不褪色，这就是花山水库的魅力与情怀。你会产生对水库的崇敬和眷恋之情，不只是因为它的美丽，还因为它的历史，因为有千千万万的建设者和先辈为之奋斗过，甚至流过血，在这里留下了他们艰辛而光辉的足迹。

　　宁静的湖面，朦胧的远山，殷红的夕阳，和煦的微风，那一分惬意、一丝怀念、一点忧伤，总会让你思绪万千……

红石岩上杜鹃花儿开

始兴马市红石岩的杜鹃花,在早春一月就开始迫不及待、轰轰烈烈地绽放,不承想,我会被这漫天的红花撩得眼花缭乱。

早春一月的红石岩,已被杜鹃花染成火焰般的颜色。一簇簇殷红,亭亭玉立,绚丽夺目,让无数游客慕名而来。花儿在陡壁上起舞弄影,惊散了崖壁的苍凉与寂寞,刷新了春天的表情,暖和了我的联想,燃烧了漫山遍野。

看着山谷红彤彤似锦若霞,看着那些带笑的花儿,宛如一位位含情脉脉的少女,孕育红色的微笑,招来了蜂鸟虫蝶。在山之巅眺望那花的海洋,还能听到杜鹃鸟唱着山歌归来。

杜鹃花一枝枝、一片片渐次盛开,在阳光下展露笑靥。放眼那花的海洋,似奔涌着的火红火红的花儿,直教你心旌随着花枝一起摇荡。难怪人们称它为"花中西施",又叫它映山红,只因它那如火的鲜红光彩,已把整座山都映红了。

杜鹃花的美，是直接的美，是张扬的美，是动人心魄的美。当如霞似锦的杜鹃花潮随风翻涌时，谁不为她的奔放和绚丽而惊艳？更令我惊叹的是，在风疾气温低的高山石岭，杜鹃花依然傲然挺立，一簇簇、一丛丛、一片片，把荒凉的黄土、石灰岩地带严严实实地掩盖，在贫瘠的高山上书写着那温馨美丽。

　　看着可爱的杜鹃花，我仿佛是在欣赏一个个美丽动人的花仙子。春风轻拂下的杜鹃花好似在浅浅地笑，让人心中泛起幸福的涟漪。花朵上清澈的露珠似明眸，美得动人心魄。灵动如翼的花瓣在微风中摇荡，好似蝴蝶起舞。我充满惊奇地看着花开，闻着花香，似乎已读懂满山的红杜鹃。马市红石岩，不仅花儿美，而且水是清清的，天是蓝蓝的，云是白白的。山脚下、小溪边、竹林旁的青瓦白墙人家，炊烟缭绕，宁静恬适。

在南雄邂逅"金色的网"

我去过南雄很多地方,但给我印象最深的是它区域内的银杏树。

深秋,是南雄银杏树最美的季节。距南雄市区58公里的坪田镇境内有一大片生长了千年的银杏林,2000多株银杏树中,树龄最长的有1680多年,树龄最短的也有两三百年。古银杏群落成了南雄独特一景。

南雄市西北的帽子峰林场与江西省赣州大余接壤。2011年1月,经广东省林业厅批准,设立"广东帽子峰省级森林公园",面积达709.7公顷。帽子峰森林公园是在国营帽子峰林场基础上建立的省级森林公园,其中的林地、林木权属国家所有。

坪田和帽子峰的深秋是喧闹的,只因它们有漫山遍野金黄的银杏叶,只因金黄的叶子满天飞舞,只因那里的银杏叶好似燃烧着的金色火球。那浓浓的色彩,仿佛要流淌下来。与银杏树的一片金黄邂逅,它那一张被大自然织就的"金色的网",令我的心灵震颤,它在我惊叹的目光中闪烁光芒。它像一串串动人的音符，呢喃着深秋最美的故事，盛放在崖壁路边，山林草地。

不知是哪家的狗，趁着这大好的天气出来散步，轻盈地踏着小步子，一摇一摆地跑动。累了，就乖乖蹲下来，望着人来人往。我凑上前去给它拍照，它出奇地配合，让我喜出望外。我用镜头记录了这只有一面之缘的小可爱。

一阵凉风吹来，银杏树礼服上的羽毛像金蝴蝶一样飞舞、盘旋，以曼妙的舞姿飘落。当你站在银杏树下，抬头向上看去，一片片叶子像黄色的小扇子，随风悠然往下飘落，像黄色的蝴蝶在飞舞，又似金叶雨在飘洒。草上、路上盖上了一层金光闪闪的地毯，把整个银杏园装扮成了一个用黄金锻造的宫殿。从远处看，高高的银杏树好似穿着金黄的礼服。这一树树、一抹抹亮丽的黄色，在秋里闪耀着迷人的光彩。

当地导游告诉我们，当秋天来临的时候，大约9月下旬，有的银杏树结满了一颗颗黄澄澄、圆溜溜的果实，果实叫银杏果，又称为白果。当微风吹拂，那一颗颗黄色珍珠般的果实，那一枚枚金色小扇般的叶子，便会纷纷扬扬地飘落下来，仿佛嫦娥抛来的绣球，又像瑶池寄来的彩笺，满地金黄。人们经过时，无不小心翼翼、脚步轻轻，生怕踩坏了那珍珠般的白果，也怕弄脏了那金扇般的黄叶。

我们在金黄的树荫下漫步，与纷飞的落叶共舞，无数扇形的叶片铺满了整个季节，铺满了秋天最后一段故事。摸着古老的树干，仿佛摸到了堆叠的关于银杏树的历史。不知什么时候，秋阳已毫不吝啬地把银杏树漂染成一片金黄。秋风慷慨地把金色的银杏叶撒满大地。我站在银杏树下，享受枝叶间阳光倾泻的温暖，感受落叶掠过额头的清凉，心中思绪万千。黄昏，我一边感受落叶飘飞，一边踏进余晖，倾听着落叶跳舞的声音。我双手捧起飘然而至的银杏叶，将它轻轻夹进书页，仿佛收到了从历史深处寄来的信笺。

曾有人说银杏树能驱邪，是长寿的象征，又有人说它是神树。我不知该怎样去评说它，但眼前的落叶纷飞，是超凡脱俗，还是秋风无情，抑或是叶儿心甘情愿飘洒大地，与青草为伴？我眼里的银杏叶儿，像小巧玲珑的黄色扇子，可爱至极。站在树下看秋冬之际的银杏树，阳光穿透满树纯粹的黄，洒在地面层层叠叠的落叶上，呈现出一种静美和风韵。我不由得想起了泰戈尔"生如夏花之绚烂，死如秋叶之静美"的诗句。如果说花开是一种温暖，那么叶落就是一种惆怅、轻柔和缓慢，依依不舍中又带着淡淡的忧伤！

秋天的银杏叶黄了，黄得金光闪闪，黄得纤尘不染，黄得惊心动魄……我还想形容下去，可是我没词了。面对遮天蔽日的金黄灿烂，我真的无话可说了，只觉得我的心，被这一片金光沐浴着，温柔而纯净；被这一张金色的网笼罩着，恬静安稳，平和美好；被这一片汹涌的金色浸染着、冲洗着，蝉蜕一般，轻飘飘、软绵绵、湿淋淋的。走在银杏树下，只觉得天空湛蓝无比，空气清新无比，心情舒畅无比，甚至连藏在树荫深处的鸟儿的啁啾声，也是那么纯净亮丽、深情婉转，似乎在一条金色的溪流中洗涤过一般。

静静地欣赏着这染黄了一切的秋色，我终于明白深秋时节为什么叫"金秋"了。深秋的银杏树,令人魂牵梦萦的银杏树,你让我怎么能把你忘怀?

花儿争艳醉人心

阳春三月，若你来到最美小城始兴赏花，定会因花的飘逸之美而流连忘返。

那盛开的桃花，定会撩起游客赏花的情怀。始兴处处桃林宛若仙境，桃花像一群群翩翩起飞的彩蝶，飘然而至。那按捺不住的烂漫，与春天一样明媚。那树树的桃花，仿佛是披着薄薄霓裳的少女，伴着微微的春风，显露着美丽妖娆的身姿。红的娇艳欲滴，若美人浅笑嫣然；粉的美丽绝伦，勾魂摄魄。朵朵桃花层层叠缀，像千万只漂亮的蝴蝶轻轻地落在褐色的树干上。

一朵桃花，就是春风吹开的一张笑脸。假如你置身桃园，穿上宋代汉服，拿着桃花扇在桃花缤纷的小径徜徉，裙袂飘飘，踏着优雅的莲步走在落花铺满的路上，你会误认为你是一个娇羞的桃花仙子。倘若你在桃花林下棋，听着花语呢喃，你会感觉你就是一个充满闲情逸致的富家公子。

那满天飞舞的桃花，一朵朵、一团团、一片片，带着一丝丝、一缕缕淡淡的清香，轻轻地萦绕了整个桃园，惹得蜜蜂拼命地采着花蜜。那一簇簇的粉红，酿造了浓浓的诗情画意，酿造了春季的勃勃生机。

当一阵微风吹来，倘若你在桃园的溪水边，就会领略到桃花流水的绝妙景致。此时此刻，你会忍不住掬起一捧落花，在热吻桃花笑靥的刹那，陶醉在桃花敞开的心怀里，聆听着花开的声音。

阳春三月，又是一年油菜花开的季节。沈所的油菜花开满山野，似黄色的火焰，燃烧的露珠。我在花间聆听绽放的旋律，尽享阳光被黄色的浪潮渲染，把自己轻轻拥入花的海洋。

城南镇洁白素雅的蜜梨花，让你深切体会"繁花如雪"的意境。一簇簇娇嫩洁白的花瓣缀满枝头，微风吹来，嫩黄的花蕊散发出淡淡芳香，令人沉醉不已。花枝摇曳，如同一曲春日舞曲。在这个烟雨霏霏的季节里，花儿里静静地蕴藏着春的灵魂。

桂花香氤氲在秋的暖阳里

一到秋天,我就会若有若无地捕捉到一种香气,那是桂花的馨香。它会随风袅袅地、淡淡地飘过来,悄无声息地跟随着你,带来温柔而清新的嗅觉体验。这香不浓不淡,像一杯温度刚刚好的清茶,以最熨帖的方式,轻轻抚慰你的心灵,让你行走着的每一步,都有了惬意的舒爽。

公园和小区弥漫着桂花香,大街和小巷、河畔飘荡着桂花香,绿地蒸腾着桂花香。我和街上的行人一样,被桂花的芳香包裹着,因桂花的芳香陶醉着。人们的心情为之开朗,精神为之振奋,生活为之幸福,工作为之得力。我算是真正懂得了,当初满街栽种桂花树的用意了。我相信,没有谁不为这浓郁甜蜜的桂花香而陶醉。它总让我在与它相碰的瞬间,心里升腾起一股温暖而幸福的情愫。

阳光洒在桂花树茂密的树冠上,洒在密密匝匝的花朵上,应验了宋代女词人李清照所写的"揉破黄金万点轻,剪成碧玉叶层层"

的词句。细碎娇嫩的桂花朵儿，在阳光下金灿灿地绽放着，开得我行我素。桂花的花香随着阳光四溢，浅黄色的细细的桂花，镶嵌在深绿的叶丛中，一束束、一簇簇，连成一层层的花阶。暖阳穿过叶间罅隙洒落在树下，变成了一个个圆圆的闪亮的光斑。

　　十月的深秋，一片金黄，一缕风轻轻吹来，就会有一股浓浓的桂花香扑鼻而来。空气中荡起香的涟漪，或浓或淡，深吸一口，沁人心脾。桂花的香，香得素雅，香得怡人，香得神爽，香得浓而不腻，香得恰到好处。我特别喜欢这种缠缠绵绵的香，它让人欲罢不能。桂花超凡脱俗，馥郁的香气，仿佛不是人间种植，而是广寒宫的桂树飘落而成，是嫦娥纤手撒的花瓣散落凡尘，是那样清纯雅致，那么有灵气。

　　桂花树，又分为金桂、银桂、丹桂、四季桂，分别开出金黄色、银白色、金红色、乳白色的花，花瓣呈十字对开形。桂花树一般个子不高，温婉、细腻、迷人，是"小家碧玉"的。在桂花飘香的日子里，我常常漫步河畔，总能享受到那缕缕幽香，就像遇见故人知己一般亲切感人。

　　一阵秋风袭来，仿佛香自远方，又似乎香自深处。风的使者像是乐队的指挥，枝叶触起"沙沙"声响，桂花仙子们便随着跳跃的音符欢快地舞蹈，将花瓣撒下来，铺满一地的金黄色。我的心触动了，小心翼翼地拾掇起一朵金黄的桂花，仔细观察，花形精巧，花叫四瓣。凝神细看这枝头的桂花，原来它们并不是一朵朵的，也不是一瓣瓣的，而是密密匝匝地垛在一起的，有的像粗长的麻花儿，有的像粘成一团的爆米花。乳白色的桂花就这样一串串地开在暗绿色的树叶间,莹莹地发着光。随风飘落的桂花,那么轻,那么柔,那么细,满地细碎,惹人怜,惹人爱。

我在想,小小的桂花啊,为了绽放出那醉人的馨香而贡献了自己积蓄已久的热情和生命,把美好无私地奉献给了它深爱的大地和人们,只为了这短暂的璀璨与完美的呈现与释放,这是何等的纯洁和高尚。这是桂花生命最绚烂、最丰硕的芳华啊!心中眷恋着桂花,眼看着桂花开后淡然地陨落,心里隐隐伤感。

闻过桂花香后,我突然明白,原来有些生命只是为了塑造这个世界真实的美丽而来的。它们不动声色,却又惊天动地。它们也许微不足道,却给这个世界注入了最动听的音符。那音符也许细微得不足以被你听到,却早已在不经意间渗透到你灵魂深处,成为滋养你灵魂的必不可缺的良方。生命还在,激情还有,就要倾尽满腔的情感灿然开放吗?想到这里,我不由得对一棵桂花树产生了由衷的敬佩与感恩之心。

因为桂花,我忘记了俗世的一切纷扰。因为桂花,我爱上了这个秋天,也爱上了这个秋天的自己,更爱上了这个在不同的季节都能给予我们不同美的感受的多姿多彩的世界!

夏日听雨

夏天,除高温以外,还有一场又一场的雨。

炎热的夏天,雨从天降,满足了人们对清凉的渴望。雨尽情地向大地发泄,敲打得瓦片嗒嗒作响。它用自己透明的身体拥抱着万物,像玉露琼浆一样滋润着万物的心扉。

夏雨,有时显得如此难以捉摸、突如其来,让人措手不及。当它以雷霆万钧的气势向大地倾倒时,狂风、雷电也被鼓动了,它们就像一个乐队,一起演奏了一曲铿锵的交响曲。

听着夏天的雨,我读出了灵动的性格于无声处静听的耐性,我读出了潇洒的人生于静谧中的趣味。听听雨,它会告诉你很多人生的哲理。有人说,雨是天空的眼泪,在雨里徜徉的人总是带着一分诗意,三分醉意。

白天听雨,雨夹杂着嘈杂不安,轻狂而热闹。夜晚听雨,雨如安眠的小夜曲。其实无论何时听雨,雨都是一样的,听雨的感受是由听雨人的心境而决定的。能静下心来听雨的人是心静之人。

其实，听雨时喜欢的不是雨，是喜欢在雨里放开一寸寸思绪，解开一寸寸怅惘。听雨，是一种宣泄，是一种抚慰，是把一点开怀、一点忧伤、一点怀念、一点无法说出的心语，一点点融入雨里。

听雨是一种心境。心情好时听雨，雨声欢快，节奏明朗，像是一首悦耳动听的曲子，听出来的尽是愉悦。伤心失意时听雨，雨声忧伤，充满幽怨，无端地触动心底的悲伤，满腹的愁绪在雨里飘来飘去。

听雨是一种怀念。当岁月慢慢地溜走以后，经历了一些世事，经历了一些别离，经历了一些沧桑，心开始沉静下来，此时听雨，更多的是对人生过往的怀念。细细的雨丝勾起的是对已经逝去的过往的怀念。得与失，喜与悲，成了生命中的一个符号。

我爱听雨，关于在雨中发生的故事听得自然也不少。如千百年前的西湖，烟雨蒙蒙的季节，那个许仙白娘子的故事还在流传。白娘子穿着一袭素白衣衫，借一叶扁舟，涉水而来，穿雨而过。千百年后，西湖边上，细柳袅娜，烟雨依旧。那样美好的爱情故事，我是羡慕的，若是有机会，我定要去西湖听雨。

每当风拥雨来，万千的雨珠跌跌撞撞地跌落尘埃。你看得见，却看不清。听那雨声，恰似一颗颗蹦跳的心跃出脉络，仿佛会淋湿无数的思绪。雨的姿态是鲜活生动的，雨的旋律是一样的，雨是善解人意的。你欢喜，它陪你欢喜；你忧伤，它陪你忧伤。听雨，听的是雨，动的是心。听雨，无论哪一种境况，都是心与天、与地、与世界的会晤。

从古至今,雨早已铸就中国古代诗词上的一座座婉约动人的奇峰。微风里,雨飘飘洒洒,惹得文人雅士诗兴大发,挥洒诗情。有陆游的"夜阑卧听风吹雨",有杜甫的"好雨知时节",有韩愈的"天街小雨润如酥",有李商隐的"巴山夜雨涨秋池"。

有时小雨淅淅沥沥,你会感到雨丝轻柔、飘逸,如烟如幻。闭上眼睛,听着夏雨滴答,多么美妙,多么惬意,多么温馨,多么舒畅!

听着雨的对白,萦绕耳边,柔婉缠绵。这声音时慢时快,时高时低,时断时续,有时像扬琴击乐,清脆悦耳;有时像小鼓鸣奏,慢打快拍。雨的每一个音符,每一种声音,都蕴藏着独一无二的美。所有声音,在它的伴奏下演奏成悠扬的乐章。

雨有声,雨有语。有时雨是浪漫的,它柔情蜜语,如同情人诉说爱意;有时雨是激情的,那种畅快淋漓的感觉,让人洗去心灵上的尘埃;有时雨是恬静的,柔润的点滴悄无声息来到我们身边,是那样的温婉可爱。听雨是听灵魂的对话,听真情的奔泻,听年华的淙淙流淌。雨声摒弃了尘世的喧嚣,让人的思绪自由飘飞,使人的心灵足以包纳万物。听着雨声,我可以舒缓心情,将自己融入境中,享受这美妙的乐章,享受那特有的雅静。

雨的姿态是鲜活生动的,雨的旋律也是。歌吟一般的雨声啊,就这样悄无声息地、绵绵地,将我渐渐拥围起来,动情地向我呢喃着它内心存蓄已久的话语。而我,也如同寻觅到阔别已久的挚友一般,用心静静地聆听着,慢慢地品味,缓缓地倾诉。

听雨是一种心境,是一种从容,一种淡定,一种欢喜、悲伤与怀念,怀念生命中那些逝去的美丽的过往。

雨声依旧,我的心感到一阵阵惬意,似乎身体里已分泌出许多多巴胺。

飘飞的落羽杉

粤北的始兴你听说过吗？这里离韶关60公里，有许多令人赞叹不已的风景，有车八岭国家级自然保护区、有小九寨沟、铜钟寨、满堂围……但我觉得最值得一提的是沈所神奇的落羽杉。

每一个白天，白云总是悠闲地飘浮于湛蓝的天空，落羽杉挺拔地站着，从不改变身姿，在阳光下呈现出古典的美，不妖艳，不扭捏。清晨，当你沐浴着晨曦徜徉在乡道上，放眼望去，落羽杉郁郁葱葱，整齐有序，像成排成行的哨兵，挺拔、坚定。无论经历几多风雨、几多风霜，无论风雨多大，落羽杉从不弯下自己的腰。任凭风吹雨打，落羽杉高傲地仰着头。树枝也依旧倔强地向上伸展，展现着她旺盛的生命力。这小山城中最耀眼的生命让人无法忽视。

她的美激发了我的好奇心。我上网搜索得知：落羽杉，又名落羽松，是落叶乔木。树干圆满通直，有圆锥形或伞形树冠，50年以上植株有时会逐渐形成不规则的宽大树冠。落羽杉原产于北美，常栽种于平原地区及湖边、河岸、水网地区。她的生命力非常顽强，不追逐雨水，不贪恋阳光，哪怕在板结的土地上，给一点水分就会生根、抽芽。只要挪动一点杂草生存的空间，她就会把黄土地装点，撑起一片绿色。她不需要人去施肥，也不像娇嫩的草坪那样依赖人工浇灌，只要不挥刀斧去砍伐，给她一点宽松的环境，让她自由地呼吸空气，她就会挺拔向上。

当春风中还夹着寒意，她的枝头已经冒出翠绿的嫩芽。在沉重的压力下，她的每一片嫩芽、每一片叶子都是努力向上的，而绝不弯腰乞求，更没有媚俗的姿态。嫩绿的叶子从枝条上拱出来，挑在树枝上，在春风吹拂下摇摇晃晃、飘飘悠悠，仿佛在跟人们说："春天到了，天气要变暖了。"

夏天，枝繁叶茂的落羽杉像一把绿色的大伞，为人们送来了一片绿荫。小鸟在树叶间欢唱，人们在树荫下乘凉。微风吹拂，落羽杉哗啦哗啦地唱起了歌。夏日炎炎，她依旧那么美，让你被她的安静所感染，被她的明媚所感动。仔细一看，一片片绿叶恰如翡翠一般，绿里透着晶莹。风一吹，整棵树就舞动起来了。那一片片可爱的小叶子，像一只只美丽的精灵，随风飘呀飘。每当此时，我的心完全被吸引，久久凝视着这美丽的落羽杉，不知疲倦。炎热令人口干舌燥，而这落羽杉正如清茶，给我带来清新、安宁与希望。落羽杉没有柳树的轻柔，没有竹子的风采，没有松树的常青，只是以她本身的普通与坚韧，为我们的夏日带来无限的清凉。她不加修饰，却不显普通，以天然的美丽与优雅映入你的眼帘。

最美最靓的要数秋天了，树叶由青变黄，林间仿佛变成了一个金色的童话世界。秋风阵阵，落叶就像一只蝴蝶在空中飞舞，又像飞鸟的一支支羽毛随风飘落。金黄是落羽杉生命中最成熟的色彩。各种奇草异树不约而同地泛黄、泛红，黄得纯粹，红得似火，把人们的心也燃烧起来。当秋的暖阳照射到落羽杉树梢上，本来就黄澄澄的树叶变得更加光彩夺目，在蓝天白云的衬托下显得金光闪闪。从神秘邈远、质朴纯真的角度去看，这里又是作家笔下的一处世外桃源。来旅游观光的游客们纷纷惊叹这种美景，然后想把所有的美景用相机一张张地拍下来。摄影爱好者架起了三脚架，拿出了炮筒似的相机，兴奋地拍下了各种角度的美景。我则忍不住小心地采撷几片黄叶，夹在一本书中。

秋天时，落羽杉的叶子是金黄的。深秋时，落羽杉的叶子枯黄了，一片片地飘落，迎接冬天的到来。一片片落叶用尽最后的精力，怀揣着对大地的感恩悄然飘落。我漫步在这片熟悉的小树林里，跟秋风一起观看白云的聚散，聆听飞鸟的烂漫。

冬天降临了，天寒地冻，虽然她只剩下干枯的树干，可她还是傲然挺立、耀人眼目，仿佛伸出双臂等待着春天到来的那一刻甜蜜的拥抱。踩着层层叠叠的落叶一路走来，倾听脚下发出的嚓嚓声，仿佛落叶在蜕变，用它们的残骸铺出一条涅槃重生之路，而落羽杉将化作泣血凤凰飞越寒冬。

落羽杉伟岸挺拔，气势不凡，给人一种至高无上的感觉。或许，许多人怎么也想象不到，在这个小山城中，还有这样一片充满生命力的落羽杉。她与田园风光糅合在一起,吸引了不计其数的摄影爱好者慕名而来,编织着艺术的梦想。当你穿行在绿色的落羽杉林中,呼吸着清新的空气,定会心旷神怡,神清气爽。

紫荆花红满园飘

秋冬季节的广州天河公园,轻风吹过紫荆花树,一朵朵的紫荆花随风飘落,悠悠哉哉。紫荆的花香,浓了秋冬季节的枝头,那绽放的笑靥,吐露着生命的芬芳!

在蒙蒙晨雾中,那一枝枝、一簇簇的紫荆花悄然开满公园,像晨雾里的火炬,似彩云中的霞光,如火焰热烈,像紫红绸带舞动,似朝霞燃烧。天河公园成了一幅壮丽的紫红风景画。

叶长一年,花开两季。我在想,是叶成全了花,还是花装饰了叶?叶舞一段香,花守一世约。或许,这些不该是我要考虑的。

温暖的阳光照射着紫荆花,我漫步公园,心醉神迷,周围的景物深深地吸引了我的目光。林间小路蜿蜒幽长,艳丽的紫荆花为深秋增添了一抹夺目的色彩。树梢上的鸟儿在蹁跹起舞,唱着歌儿似乎也已经陶醉。

当夕阳余晖倾泻在紫荆花上,远远望去,仿佛织女把紫红色的绸带系在公园。那娇羞的模样，仿佛少女含羞的脸庞。路边的柳树枝儿迎风飞舞，婀娜多姿，与水中那似着了火的落羽杉交相辉映，把初冬的黯然一扫而光。紫荆花开了又开，谢了又谢，年复一年。她总是静静地来，默默地开，悄悄地走。过往的人不会因她的去留而改变，但她留给了这里一份份多彩、优雅和欢乐。

　　开得正艳的紫荆花，朵朵花、片片叶流光溢彩，馨香缕缕，灿若云霞。如婀娜舞姿的花开花落，成为记忆中最灿烂的风景。透过公园林荫道那靓丽的风景，我明白了什么是紫荆花的神韵。风姿绰约、姹紫嫣红、色彩斑斓的紫荆花，为人间留下了一个绚丽多彩的冬天。紫荆花的每一次怒放，都显示出生命的奇迹。她那铺天盖地的美丽，那么有生气。漫步林荫大道的我，频频回眸，不知何时再与她相约？恍惚中，紫荆花树那遒劲的枝干，铭刻着她一路走来的风雨……

月亮跟着云儿飘

一轮明月,似乎读懂了岁月的温情,默默勾勒着浓浓的诗情。

云儿与月亮在轻轻缠绕,月光带着它的妩媚,洒在路上,漂散在水面,沉浸在水底。月亮总是带着色彩沉默不语,与风相伴,与云相伴,与星星相伴。风把安然入梦的星星叫醒,把天狗吹到月亮中。萤火虫成群飞过,仿佛是那月光里掉出来的精灵。风中远远传来一声叹息,那是月亮把藏在心中的故事,飘扬成风中的一股清香。月到天心,风儿轻吻水面,那是清凉明净的月亮在跟着云儿飘。

与云儿一起飘的月儿,悄悄地扯一片云,遮住了羞红的脸,遮掩不住的银色飘洒在我的身上。温婉的夜景似那月亮矜持不语。月亮是攀着夜幕飞翔的天使,挂在有烟火出没的地方,听着风的歌唱。被银色点染的秋,多少眷恋为之止步。那沉甸甸的断想,叠成字里行间的迷离。它似雪又不是雪,却渗着雾的絮语。

夕阳染红的落羽杉林

金秋十月，当你走进沈所，当你在黄昏的夕阳下徜徉，映入眼帘的首先是美丽多情的落羽杉林，它宛若一幅绚丽多彩的油画，足以把你的心拽住。

那时的天是火红的，树已经开始泛黄，树旁清澈见底的小溪泛着红晕。徜徉在落羽杉林，在落日的余晖中，静静地看着西沉的斜阳。在落羽杉林荫道，小鸟们在叽叽喳喳欢叫不已，不知是在诉说一天的收获，还是在诉说收获的爱情。

夕阳下，落羽杉披上了金黄绚烂的衣衫，收敛了白天刺眼的光芒。那落日衔着一个农妇的身影走向黄昏，静谧中的小燕子，伴着黄昏暧昧的色彩，失控似的俯冲而来。一群白色的小蝴蝶，也因贪恋夕阳久久不愿离去。一群白鹭鸟欢鸣着，成群结队一起栖息在被夕阳染红的落羽杉上，一边欣赏落日美景，一边啄洗洁白的羽毛。一个农夫牵着那暮归的老牛，扛着落日穿过落羽杉林走向回家的路。

夕阳下的落羽杉，迎着风轻轻摇摆，它是嬉戏不愿归家的牧童，还是在嘲笑那披着夕阳暮归的老牛？它轻抚夕阳，在时空的涟漪里，酥透沉醉的心。那夕阳下的落羽杉，有无数的寄托，有无数的希冀，有无数的惬意，它静静地、浅浅地笑着，仿佛瞬间坠入红绿相间的万花筒中，感叹那夕阳的无私与从容。那温暖和煦的夕阳，醉了落羽杉，醉了那满天的彩霞，醉了在树上栖息的小鸟。

美丽沈所是一个你来就会爱上的地方

谈起始兴的沈所,许多人只知道它的宝塔山,往往会忽略其区域内的铜钟寨和红围,还有那红得像着了火的落羽杉。

走进沈所,就如同走进了始兴上下数千年的历史长河中。沈所无处不散发着古朴的韵味。围绕着沈所这个名字,总是有千丝万缕的情愫。不管男人女人,一个人还是一群人,不管春夏还是秋冬,只要你来,这个地方总有一瞬间会让你爱上它。

那似着了火的落羽杉会把你的心俘虏

沈所落羽杉林是你一生中一定要去一次的地方。11月中旬的金色秋天,当你漫步在这片迷人的落羽杉林里,与秋风一起观看白云的聚散,聆听飞鸟的鸣叫,你一定会陶醉。当冬天降临,落羽杉还是傲然挺立,但那叶子经历风霜的吹打,已红得耀人眼目。当你走进那似着了火的落羽杉林，那如羽毛般随风飘舞的红叶，又似那翩翩起舞的红蝴蝶，那一片片小小的叶子足以把冬日的凄清一扫而光。那红得似着了火的舞姿，是那样的轻盈。它用那美丽的身姿，毫不吝啬地装扮着周围景色。远远看去，它又如一条红色巨龙无拘无束地在公路上蜿蜒。那似着了火的色彩，一定会把你的心俘虏。被落羽杉勾勒出来的一幅幅美好的画卷，在艺术家的眼里，是浑然天成的自然美，是大自然赋予的色彩。你会感叹这旷世美景，然后情不自禁地把所有的美景用相机一张张地拍下来。一旦你来过拥有落羽杉林的沈所，定会终生难忘，并发自内心地向人推荐这儿。

炫目的花山平湖风景

花山平湖，宁静的湖水倒映着蓝天白云，被幽深的森林珍藏于掌心。这里有着神秘的传说和纯净的湖水，在阳光下闪烁着粼粼的波光，炫目的风景让人痴迷。每到阳春三月，一对对鸳鸯在水中嬉戏，看着它们形影不离的样子，真有种羡慕的感觉。此情此景，正如"鸟语花香三月春，鸳鸯交颈双双飞"的绝美诗句。秋天，比夏天更有缤纷的色彩。枝叶茂密的夏天虽然迷人，可是，清爽宜人的秋天更富有灿烂绚丽的色彩。秋天来到了树林里，从远处看，黄叶纷飞好似成群结队的金色蝴蝶。每年秋季都有白鹤来此湖中、林间栖息，点缀在山林湖水间，蔚为壮观，是稀奇一景。面对大自然的精灵，腹有诗书的你，难免思如涌泉，想要倾吐胸臆。秋天是平湖最美的季节，层林尽染，色彩斑斓，在蓝天白云的映衬下，如一幅隽永的油画。

站在宝塔山顶可把始兴美景尽收眼底

那沈所宝塔山的风景秀丽，你如果错过了，也许会遗憾终生。宝塔山上的塔实际上叫象山文塔，俗称"沈所宝塔"，建于清代嘉庆年间。塔高30米，是六角九层叠檐式砖塔。宝塔山的风景秀丽，鸟语花香。青石小径中，传来阵阵动物们最美的和声。站在宝塔山顶，能把始兴县城的美景尽收眼底。宝塔山是沈所人民勤劳智慧的象征，也是沈所红色革命圣地的象征。

红围，曾经的战时省委珍藏着不朽精神

宝塔山的西北方向有一座红色的围楼，名叫"红围"，是战时中共广东省委旧址，被民众称为"红色指挥所"。1945年2月，红围遭攻陷始兴的日军焚烧，后又经风吹雨淋，围内的房子全部坍塌。现今，红围仅存四面墙壁。红围是大型历史纪实片《战时省委》取景地之一。遥望着红围缅怀那些为了理想前赴后继的英烈，如今虽然硝烟散尽，但当你走进红围，敬仰之情会油然而生。看到那残垣断壁，那累累弹痕，你就会感到它与沧桑岁月相依相伴，你一定会被那曾经的红色所感染。那曾经历硝烟与炮火洗礼的红围，在血与

火中铸炼着胜利的光环。红围是一部无字的史书,站在红围之中,似乎能够看到当年繁华的盛景以及战争的激烈与残酷,仿佛能穿越时空,与战时广东省委领导邂逅。

当你身临其境,会按捺不住壮怀激烈,会情不自禁地感叹:红色沃土,不朽的精神永存!

品碗轩,品的是碗也是古韵

位于始兴县沈所镇沈北村的邓氏宗祠,始建于明朝万历年间,距今已有四百余年的历史。清朝光绪年间,在此间的"东枋"开始兴办私塾。而清朝亡后,这里更是一度成为规模宏大的学校。如今,此处被打造为旅游饭店"品碗轩",轩内装修古香古色,不仅保留了原先的庭院格局,还可以欣赏到二十世纪三四十年代抗战时期的遗迹和建筑风貌,观赏到红军特色服饰、装备以及各色灯饰、餐具等。

沈所镇的"品碗轩"是一家客家特色餐厅。踏进餐厅大门,古朴之风迎面而来,定会让你流连忘返。

铜钟寨那令人浮想联翩的阴元石

在红围西北方向2公里的山上,有个神奇的铜钟寨,那有神奇的丹霞地貌景观——阴元石洞群。那烟岚雾霭之下、群峰深壑之间,不知隐藏着多少未解之谜,撩拨着人们寻幽探秘的欲望。它那神秘的东方气韵，那古朴自然的风光，吸引众多文人墨客。它以抽象反叛之美，给人带来无比的惊叹、新鲜和神奇。铜钟寨景区还有藏军洞、龟兔赛跑、九凤飞瀑和牛尾寨悬棺古墓等景观，神秘而美丽，是寻幽探古胜地。这种美，你在画外观望是无法体味的，必须亲临其境，走进画中，才能全身心地获得迥然不同的感知。

南方村二月桃花勾魂摄魄

早春二月，当你走进沈所南方村的上南坑，那盛开的桃花，足以撩起你赏花的情怀。进入桃花谷，桃花瓣像一群群翩翩起飞的彩蝶，飘然而落。伴着桃花汛的浪花，你可以欣赏到桃花那藏不住的烂漫与明媚。那树树的桃花，仿佛是披着薄薄霓裳的少女，伴着微微的春风，显露着美丽妖娆的身姿。那红色的桃花，若美人浅笑嫣然，勾魂摄魄。那妖娆的桃花，不但酿造了浓浓的诗情画意，还酿造了二月的心跳，酿造了春季的羞涩。当你身临其境，你会感到不但蝴蝶醉了，蜜蜂醉了，连自己也醉了。到了七月，你可以到桃花园尽情享受那丰收的喜悦，亲自采摘和品尝那令人垂涎欲滴的鹰嘴桃。那甜、脆、香，会令你一辈子难以忘怀。

回味无穷的南山姜和山花蜜

沈所的南山姜是一种很有营养价值的经济作物，除含有黄酮、姜酚等生理活性物质外,还含有蛋白质、多糖、维生素和多种微量元素。其味辣而不苦,无渣,能开胃止呕,化痰止咳,发汗解表。南山姜还是当地妇女坐月子时所食"月婆鸡"汤的必备配料。除南山姜外,沈所还盛产山花蜜。沈所产的蜂蜜分"夏至糖"和"冬至糖",均属纯天然蜜,具有甜而不腻、气味芳香的特点。

只要你来过沈所,你就会爱上它,因为它的深沉,因为它的历史,因为它美丽的一切。

沈所桃花醉人心

二月，当冬天的冷冽还没完全退去，沈所南方村桃花谷中的桃花已迫不及待地盛开。走入弥漫着醉人花香的桃花谷，看着那似雾似霞的花海，似闯入了仙境。

在落英缤纷的小径徜徉，小心翼翼地踏在落花铺满的路上，有些于心不忍。那漫天飞舞的花雨一片片、一朵朵、一团团，送来一丝丝、一缕缕的淡淡清香。每一朵桃花都是春风吹开的笑脸。桃花是有生命的，桃花是深情的。我漫步花间，似乎听到花儿在风中倾诉，朵朵誓言在风中飘荡。我已被花的思绪所感染，听着花的呢喃，我张开双臂，任粉红色的花瓣飘落满头、满脸、满身。我已误把自己当作桃花仙子。

向桃花谷深处眺望，粉红与天空融为一体，仿佛霞光。当我从这亦梦亦幻的场景中回过神来，只见蜜蜂毫无顾忌地拼命采着花蜜，蝴蝶上下翻飞，鸟儿时不时从花间探出头来。此时此刻，我忍不住掬起一捧落花,在热吻桃花笑靥的刹那,陶醉在桃花敞开的心怀里。那醉于花中的心弦,随着飘落的粉红色花瓣颤动。聆听花开的声音,我已沉浸在桃花醉人的温馨里。

沈所宝塔上一棵树的自白

我是长在塔上的一棵树，种子最初落在塔顶上的瞬间，就注定了我生命的奇特与不平凡。当我在塔上扎下根后，无论在雨中、风中、雪中，还是在黑夜里、阳光下，我从不担心，也不忧愁，相信上天会赐给我一切。我没有选择出生地，风是媒，鸟是信，他们无意中把我带到塔顶。这或许是一种幸运，因为近五年来，我在塔顶，把宝塔山及周围的田园风光尽收眼底。

我站在海拔167米的塔顶上，能清清楚楚地看见，在宝塔的西南面，一大片的松树林像是一片绿色的海洋。那松涛的吟唱足以让你陶醉。松树褐色的树干，粗大笔直，直指青天，凌空展开她的绿臂，活像一把张开的绿绒大伞。满树的松叶绿得可爱，风一吹，轻轻摇曳。时常有小松鼠在树上打闹嬉戏，鸟儿在树上搭窝，在枝头上高歌，似乎在向这个世界宣告它已建好新房子。

当夏季的风吹来，在宝塔山的绿海中，稔花悄悄绽放。满满少女气的稔花,被朝阳泼洒上一片迷人的粉红。那闻香而来的蜜蜂在稔花丛中轻歌曼舞,为宝塔山预约了一个绚丽多彩的夏天,漂染出山和塔的诗情画意。

在塔的东面,沈北村那一池荷花,在阳光下摇曳,没有谁能锁住它骨子里的芬芳。荷塘一池青翠,如一幅泼墨画,一朵朵粉红的荷花静静伫立,像亭亭玉立的少女。荷花那样清雅脱俗、安静从容,总让我有刹那间的沉醉之感。她柔婉娇羞,纤尘不染,彰显了生命的顽强。每一年看到此情此景,我总感到那荷塘如一个轻纱似的梦,流动着沈所那醉人的水韵墨色。宝塔山东面200米处的落羽杉林,每到冬天,落羽杉那着了火似的红,足以把靓丽的沈所染红。那如羽毛般飘舞的红叶,又似那翩翩起舞的红蝴蝶,足以把冬的凄清扫尽,吸引着海内外游客纷至沓来。

宝塔山的东北面,是蜿蜒在宝塔山下的沈所河与墨江河的交汇口。从塔顶往下看,两条白色的玉带在宝塔山下飘荡。宝塔山的南面,是起伏的一座座山峦,绵延几十里,蔚为壮观。在宝塔山下,白鹭鸟飞翔于河岸与绿树之间,啄食着河边的青草。燕子也不甘示弱,在宝塔山的树林中飞翔欢鸣。那一排排的芭蕉树,长满一串串的芭蕉花。黄鼠狼似乎也找到了好玩的地方,以芭蕉树的宽大叶子作桥,在芭蕉树上毫无顾忌、旁若无人地嬉戏追逐,惊扰了正在芭蕉花间采蜜的蜜蜂……

看着这一切山水美景,望着这些山之生灵,我感到我是幸运的,我是不孤单的。我感到有一种坚强不屈的精神在枝干中积聚,让我能笑迎风雨雷电,追逐日月星辰,时刻跳动着铿锵有力的脉搏。宝塔山是沈所的标志与象征,正焕发着无尽的生机,昭示着沈所辉煌的前程。

春天在心里盛开的是欢喜

春天盛开的是花,而在我的心里,春天盛开的是欢喜。

草长莺飞,阳光明媚,不知不觉春天来了。没有谁比大地更了解春天的脚步,一场绵绵的春雨之后,大地忽然梦醒,土质开始松软,小虫子蠢蠢欲动。天地之间,清明朗润,万物更新,等待着一场盛大的花事,人间处处有惊喜。与春天相遇,无须多言,只需要静静地享受这期待中的美好。

在这美好的初春光景里,日子平淡如水,心中诗兴萌动。年轻时总渴望活得轰轰烈烈,觉得如此才不辜负一腔热血。于是,辗转奔波于琐事间,追求着远方的风景和幸福。中年后才渐渐明白,平淡如水才是人生最难得,眼前的风景才更应该珍惜。岁岁年年,有花相伴,有心仪的人和亲人相伴,已经足矣。

人生几多流转,以一颗素简之心,徜徉在山重水复的人间。正如这份春色,总是想着花开繁茂时再来欣赏,却不知此刻的萌芽与新生也是一种美。很多人不懂如何生活，把简单的生活弄成一地鸡毛。如果你终日生活在问题中，就会被问题纠缠。要活得简单并不难，少一点欲望，多一点真诚，少一点忙乱，多一点悠闲。

在人的生命里，谁都有纠结，谁都有困顿，时时梳洗、清理，就是在理顺自己的命运，抓住幸福。回首时，恍然若梦，又清晰如昨。不管时光如何流逝，还是会留下些情节贮存在记忆里，美丽的忧伤，美好的回忆，都会让自己在闲暇时享受不一样的感动。其实，一个人最优美的、最迷人的、最值得赞誉的，也是最经得起欣赏和品味的姿态，就是在春光里阅读，在春天里审视自己。

说起我心中的春天，最爱的便是春风，柔柔的，扑面而来，捎来几缕迎春的芬芳。春风是和善的，春水是温柔的。春水总爱绿色，水面上浮着几点嫩柳絮。岸边垂柳带来春的访问，惊动了池底的小鱼。春天是一个美好的季节，春风、春水、春雨，这些春的使者，在茫茫天地中播撒种子，让我们心中盛开欢喜。在这迷乱的世界，找到属于自己的春天，属于自己的美好。

有人说，春天是容易忧伤的季节。而我却难以割舍盎然的春意，徜徉在春光里，捕捉春天的影子，品味春天带来的无限生机。花非花，情难情，喜与悲、乐与苦、爱与不爱，相隔不会太遥远，一念之间，朝夕之变。不可否认，痛苦是一个人的影子，它忠实地伴随着人的一生。一个人可能一无所有，但不能没有痛苦。正如生活中，有鲜花掌声，也有荆棘坎坷；有快乐舒畅，也有苦涩无奈；有踌躇满志，也有惆怅失意。繁华过后是落寞，喧嚣过后是沉寂，谁都无法改变。所以,人最重要的是心境,是一颗坦对花开花落,笑看云卷云舒的心。因为痛定思痛,一个人才能更加真实,且更加珍惜人世间带给自己的快乐与幸福。在静观万物中,可以领悟到大自然的乐趣,感受到自身的存在。

自然的馈赠对每一个人来说都是平等的。和自然一起安静下来,放空自己的内心,守好自己的方寸,在一朵花里坐落,在一片绿叶上写诗,在一盏茶里品味人生。远离尘世喧嚣,让心回归简单。

春天是透明纯净的梦,是火热沸腾的歌,是灵感流溢的诗章。你看,柳丝婆娑舞倩影,蝴蝶翩翩,浓浓春意弥漫在洁白的云朵间。感叹大自然的神力,令千树万树都齐刷刷地把叶的芽苞点在枝条上。

我喜欢春天,我想把春天做成快乐的种子,播撒在我的心里,让我的生命和春天相伴。只要心里有春天,生活就是春天,春天就是生活。闭上眼,静听花开的声音。置身人间仙境,感叹岁月如此静好。让我们张开双臂,投入春天的怀抱,和春天来场约会吧!

车八岭，一本绿色的天书

每当行走于山水之间，体味林泉之清秀，我总会想起那极富神话色彩的车八岭，它在我心中是远远凌驾于其他山水之上的。

车八岭，听名字也许没有一些名山大川那么响亮，但是从它的自然景致、资源丰富度、文化内涵来看，它俨然是一座美丽的生态园。它是集观光、度假、考察、探险、科学研究、野外娱乐于一体的生态风景区，吸引着中外游客纷至沓来。这里有数不胜数的动植物标本，还有华南虎的神秘踪迹。到了车八岭，你可以领略它的千峰攒簇，朝云暮雨，云蒸霞蔚，还有那林海茫茫，郁郁葱葱。

车八岭的苍茫林海中，多种奇异动物神出鬼没，这是一个神奇无比，谜一样的地方。车八岭之景，宏大而妩媚。车八岭群山逶迤，横亘在广东始兴县的一个瑶族古村落和江西全南县之间，是广东面积最大的"自然保护区"之一。车八岭国家级自然保护区，总面积16110.7公顷，属生物圈保护区，是中国综合自然保护区之一，素有"物种宝库,南岭明珠"之称。境内物种资源丰富,生长着珍贵稀有的植物,深藏罕见的飞禽走兽。野生植物 1880 种,其中国家重点保护植物有野茶树、伯乐树、伞花木、观光木等 14 种,广东省重点保护植物 2 种。野生动物 1615 种,其中国家重点保护野生动物 50 种。车八岭自然保护区在生物种源保护、学术研究上具有很高的价值,被逐步打造成了以"三点一径一长廊"五大基地为主体的科普教育场所,即自然博物馆、珍稀植物园、珍稀植物苗圃三点,全长 2.5 公里的生态教育径,及 20 公里的生态文明教育长廊,建立了车八岭森林课堂,并正在打造环车八岭生态经济圈。车八岭的生物多样性以及人类与环境的和谐关系,构筑起了一个地球上生命发生、发展的全景图,足以让人感知到地球精灵的脉动。

在车八岭老虎坳,生长着一棵"杉树王"。它高 44 米,直径近 2 米,有着 200 多年的树龄,是广东省目前发现的最高大的杉树。它拔地通天,任凭风吹雨打、电闪雷鸣,自岿然不动。它犹如车八岭这本绿色天书上搁置的一支"神笔"。站在树下抬头往上看,树干直刺刺地插入云霄,会使你联想到"刺破青天锷未残"的诗句。那虽然写的是山,可这棵树的高度实在不亚于一座山。高高在上的树梢显得格外锋利,而且像鹿角一样分叉开。

耳畔充满了鸟儿的欢叫,古树、翠竹、枫树、观光木、古村的屋檐到处是蹁跹飞舞的各种美丽小鸟,其中有灰眶雀鹛、栗耳凤鹛、红嘴蓝鹊、赤红山椒鸟、山斑鸠、白胸苦恶鸟、灰喉山椒鸟、栗背短脚鹎,等等。它们中,有的叫声清脆,清丽婉转;有的色彩斑斓,姿态美丽动人,可爱至极。每当夜幕降临,倘若你在密林中徜徉,定会看见眼放绿光的猫头鹰。

站在山上,脚下的山头布满了重重叠叠的梯田,一层层、一排排,静静地铺陈在眼前,精致而又恢宏。顺山势而蜿蜒起伏的田埂犹如绿色湖面上的层层涟漪。墨绿的禾苗迎风摇摆,尽情享受着山泉和阳光的滋润。莳田前,尚未插下秧的梯田里田水如镜,倒映着青山和蓝天,层次感最为丰富。插过秧后的梯田泛着绿色,不规则的田畴与规则的绿苗,生长着诗情与画意。

春姑娘乘着清风,带着温暖向车八岭翩翩而来,把百花齐齐地插在枝头上,花儿争芳斗艳,散发诱人的清香。小溪流着,激起浪花,河边一排排树发芽了。大雁在蓝天上飞翔,一会儿排成"人"字形,一会儿排成"一"字形飞回来了。许多蝴蝶、蜜蜂也飞来了,有的在空中飞舞,有的在窃窃私语,还有在勤劳地收集着花蜜。春风如透明的丝巾,携来滴滴晨露,飘飘洒洒地滋润着万物。田野上,油菜花在绿色的波浪中闪着黄色的光。森林树木丛生,枝叶茂盛,一片片叶子遮住了一缕缕阳光。一群群小鸟飞来飞去,叽叽喳喳叫个不停。车八岭视野所及之处,那一片片、一树树的桃花、李花,粉中带白,如雪似玉,又如朦胧的月光。一阵春风吹来,花瓣像飘雪飞舞,悠悠地飘荡在空中,又簌簌地落在阡陌上。瞬间,山坡就被铺成了一片雪白的世界,宛若月亮的清辉流泻。那草木的清香与花瓣的芬芳,伴随着春的生机,实在是赏心悦目,令人从头到脚地感到豁达和爽朗。如果运气好,可以在山涧中看到憨态可掬的娃娃鱼。它高兴时会唱歌，那歌声，神似婴儿的哭叫声。

夏天，当你置身车八岭的高山之上，其实就已置身在云雾之中。这里的每一座山峰都让你魂牵梦萦，每一条小溪都对你娓娓述说。当云雾一阵阵飘过来，轻轻地缠绕着你，你就会误认为自己是在天宫中漫步的仙子。然而，最妙的还是云海之上偶尔悬起的一轮五彩光环。它镶嵌在波峰浪谷之间，酷似一架缓缓滚动的佛辇，这就是举世罕见的"佛光"。陡峭的山坡上，盛开着各色美丽的花朵。枫树林一片连着一片，松树林一茬接着一茬，松油的清香扑鼻，沁人心脾。看着满天的火烧云，看着美轮美奂的天边落日，一种心旷神怡的美妙感觉会油然而生，你会忍不住开怀大吼一声：车八岭，我来啦！

夜幕刚刚降临的车八岭生态林区，更是清爽宜人。行走林间，清风拂面，鸣虫聒耳。侧耳倾听，阵阵松涛如海浪轻吻着海岸。近处，千树万树的蝉儿似乎不知道天已见黑，还在不知疲倦地大吼大叫。或许是以鸣叫的方式，欢迎我们的到来，其声清越，响彻天际。此时此刻，假如你向深邃的苍穹望去，高山上的夜空又如一顶墨玉雕琢而成的幕帐，蕴藏着不知多少秘密。那装载着亿万颗巨大恒星的天河，从我们的头顶飘过，我们似乎听到了天河里浅浅的水声，还有织女"唧唧复唧唧"的织布声。我们顿感宇宙何其浩瀚，苍穹何其神秘莫测。

最令人难忘的是车八岭的飘雪，鹅毛大雪，但可遇不可求。当寒风卷起雪花飘向天边，雪野莽莽苍苍，曾经像一本绿色天书的神秘而苍郁的森林，俱由雪来铺陈。山成了白的群山、雪的群山。我们身处车八岭的雪山中，好像来到了一个优雅恬静的境界里，来到了一个晶莹剔透的童话世界。好像一切都被净化，一切都变得如白雪般纯洁美好。寂静的雪谷偶尔传来一两声鸟啼，啼声悠然而缥缈。一缕缕炊烟，袅袅地飘往山中，层层的竹子在雪的压力下，弯下了身躯。在冬雾的弥漫中，松树的针叶上凝着厚厚的白霜，像是一树树洁白的秋菊。灌木丛成了洁白的珊瑚丛，连窄窄的竹叶上也裹上了白雪。山川、田野、村庄全都笼罩在白茫茫的大雪之中，千姿百态。但风再狂，雪再大，小孩们的热情也不会被冷却。他们在雪地里追逐玩耍，有的堆雪人，有的打雪仗，有的玩着冰挂，小手冻得通红也全然无暇顾及，不时传来欢声笑语。我在与雪共舞，在雪的怀抱中快乐地寻找着心的足迹，追逐那儿时的单纯与快乐。车八岭那雪花纷纷扬扬的景象，在记忆中总是那么亲切，那么使人迷醉不醒。

我在品读车八岭这部绿色天书时，惊叹大自然的生花妙笔是多么的神奇！我走进广阔无垠的车八岭，仿佛闯入了神秘的绿色王国。

车八岭看雪

　　一场久违的雪终于飘落下来了。

　　雪儿纷纷扬扬,犹如一个个百变小精灵,打破了车八岭的沉闷和寂静,被寒冷凝固的风景忽然间变得有了生气和灵性。就那么一个素雅洁净的银色天地,让人们一下抛却了入冬以来的沉闷和压抑。刚开始下的是雪粒,就像半空中有人抓着雪白的砂糖,一把一把地往下撒。不一会儿,飘雪变得像鹅毛似的,轻飘飘、慢悠悠地往下落,像天女撒下的玉叶、银花,以轻柔的姿态在风中飞舞。这时,我在想,这飞舞的精灵不知挂在谁的眉梢,又落在谁的心头?

　　面对一片纯白,我已把心放逐。玉树琼枝如笼着白色的烟雾,松柏迎来了白色的花朵。迎风傲然的"杉树王"上落满了皑皑白雪,"仙人洞"几乎被白雪掩盖,铁索桥变成了白玉桥。柳树上的雾凇,像一缕缕的银发。松树像顶着绒冠,身姿挺拔高傲,让人油然而生一种敬意。还有的雾凇像盛开的梨花,站在树下,仿佛可以闻到淡淡的花香；有的像珊瑚，置身其间仿佛来到海底世界；有的则像棉花糖，真让人垂涎三尺！一阵轻风吹过，雾凇簌簌地掉下来，像轻轻飘落的白纱，如梦如幻。阳光下，雾凇好似抹了一身的金漆，又像裹上了一袭红衣。朦胧的雾气中，雾凇若隐若现。

木棉仙子悄悄打开闺门，把纯净和真实的花籽撒进彩虹般清澈的冬日。风儿呼啸，白雪飞舞，花草树木享受着雪花浴，把身体融入雪的心田。我听着雪花轻柔的叹息，听着雪花落地时的响声，如听着一朵朵花开的声音。飘雪伏在梧桐树上轻笑，贴在枫树的耳旁低语，在嫣然一笑中吻着过往行人的脸。雪与寒风相约，用洁白的色泽给人以清新的浪漫，把各色植物装扮得玲珑剔透，又如粉雕玉琢。放眼于雪野，那白纱千顷，天空雪野浑然一体，那飘落的如光的珍珠，俨然是脉脉含情的眼眸。

我抬起头，闭上双眼，任雪花与我娇柔地缠绵。与其说雪花是春雨的亲姐妹，不如说她是春天派出的使节。飘落的雪用白玉般的身躯，给冬的车八岭披上洁白的长袍，把车八岭装扮得银光闪闪，把生命融进了土地。

大山深处的村子，在一片白皑皑的雪景里，炊烟更加清晰可辨。屋檐下的冰柱滴答着消融的雪水。老人坐在阳光下享受着冬日的温暖，欣赏着雪的洁白。最高兴的要数那些孩子，堆着雪人，打着雪仗，脚丫在雪上踢踏出嘎吱嘎吱的声音，尽情享受着童趣。有的人把雪人堆砌在树干上，做成雪人爬树的姿态；有人找来圆圆的瓶盖当雪人的眼睛，用胡萝卜当鼻子，用红辣椒做雪人的嘴巴；有的干脆在雪人脖子上围一条红色的围巾，给它戴上圆形的帽子；有的把雪人做成正在撒尿的光屁股顽童……各种姿态的雪人栩栩如生，令人叹为观止。

车八岭的雪，诠释冬的宁静，显露冬的含蓄，飘出冬的圣洁。我爱白雪中的车八岭，爱它的幽静，爱它的纯洁。

车八岭,一场红色的邂逅

车八岭的深秋是喧闹的,只因它有漫山遍野的红叶。那里的枫叶好似燃烧着的火球,那浓浓的色彩,仿佛要凝为实质,从树间流淌下来。与这车八岭的一片火红邂逅,令我的心灵震颤。

已是深秋时节,雨过天晴,我们十多人的队伍分三辆车,携带着欢声笑语一路向前,目的地是车八岭森林公园。这块"风水宝地"属于生态旅游景区,始兴人认为它是一张最值得骄傲的名片。车八岭的红叶,红得那么深沉、那么圣洁,在山风的吹拂中飘逸着,像一串串动人的音符,呢喃着深秋最美的故事。在纵横交错的艳丽的红叶树丛间,一条清澈的山中溪流叮叮咚咚地流淌。溪水潺潺,水草芳美,一群不知名的小鱼无拘无束地在水中游来游去。小溪喜欢奔腾着追赶时光,似着了火的红叶也跟着溪水奔跑。彩霞深吻着山峰,饮下深秋的凉。那片片红叶随风飘落在溪水中,随水流上下翻飞,就像那踩着欢快舞步的舞者,随着乐声,随着节拍,尽情地跃动,在生命的尽头,它们尽情演绎属于自己的荣华。我不知道是红叶逐水,还是水载了红叶。我忍不住在清溪里捞一片枫叶,它像出浴的女子,灵动柔媚,让我爱不释手。有人说飘零的红叶在溪水里随波逐流,会渐渐没了踪迹,我宁愿相信,载着红叶的小溪都躲进了画家的画中,携着鸟语花香,淌进了童话故事里。

热情的导游介绍,车八岭的红叶,多是枫树,学名枫香树,还有就是野漆树和山乌桕树。据相关资料记载:"野漆树,山中多有之。枝干俱如漆,霜后红叶如乌桕叶,俗亦谓之染山红,结黑实,亦如漆子。"

遥看车八岭,山峰山谷似树的海洋。坡上四季常青的油茶树,挂满了又大又红的果实。常青的松树伸展着苍劲的枝干。樟树撑起绿色大伞,有千百只鸟雀在其间飞跃鸣唱。梧桐把叶子变戏法般地变黄,密密地铺在山坡上,松树却如守财奴般,紧紧抱着身上的绿叶。小草纷纷换下了绿衣,用黄色铺了一层地毯。野菊给深秋装点了黄色礼花。俊秀的楠木,还有被称为植物"化石"的观光木,在溪水旁亭亭玉立,粗大壮实,直插苍穹,仿佛一根根冲天巨柱。

我们走到一个长满枫香树的山坳里,一阵风吹过,那叶片便随风舞动,似一小团团燃烧得正旺烈的火苗,又似一只只正在翩翩起舞的蝴蝶。一片片树叶落下来,铺就一地乱红。远远看去,像一片火海。而那树间随风摇曳的红叶,又如满天的彩霞。近看,被山间的仙雾洗刷过的红叶,沾着露珠,如玛瑙般闪闪发光。车八岭被红叶张罗得四野喧闹,丘峦、山谷,高高低低,都沉浸在这喜庆和温暖的色彩里，吸引着人们的眼眸，让多少文人墨客尽显文采。红叶的美丽，辉煌了整片森林，点缀了秋光冬景。

　　缓缓走在林荫山路上，我被那一簇簇飘飞的绚烂所陶醉，只想把这一刻的美作成一首诗，酿成一壶酒，忘忧在这诗情画意里。跟着深秋的风，一起漫步在火红的红树林，一起去采撷思念，把那醉人的美，镌刻在深秋的梦里。高大的枫树已被火红的枫叶所笼罩，在经过雨水的洗涤之后，显得格外妖艳。在林间行走，天是红的，地也是红的，天地仿佛已连为一体。配合着枫林间的雨雾，有一种身临仙境般的感觉。

　　那沉甸甸的红色，横空铺笺写下了一季的感动，我的心也在沉淀里沸腾着……

　　漫步车八岭，深感红叶是车八岭深秋的私语，飘舞的叶片似望向我的眼神，落叶沙沙是那红叶的喘息。山谷中那泥土和草木清香的气息，让我流连在殷红的海洋里。车八岭那着了火似的秋色，吞噬了一个个陶醉的游客。

　　在红色的海洋间穿行，若置身红色纱帐，似潜入红的海洋。火红叶儿，把我的脸映红，把我的衣衫染红。我喜欢车八岭的红叶，即使在愁肠百结的日子，它也会让人生出火一样的豪情。

　　这时，有一个从广州慕名而来的女士，情不自禁地说道："太美了，简直不忍离去！"这种沉浸美景之中不能自拔的心境，凝结为一句"不忍离去"。我想，面对漫山遍野的迷人秋色，她大概也感受到了烦乱心绪逐渐平和的欣然喜悦，世俗的喧嚣嘈杂，都如轻烟薄雾一般,渐飘渐远。

　　徜徉在车八岭绚丽多彩的山间小路上,心情被秋叶的火红陶冶,灵魂在秋叶的火红中升华。车八岭漫山流丹,红叶飘飞,诠释了山与水的依偎,情与梦的缠绵,叶与根的拥抱。我在想,红叶是以飘舞的姿态,来展示其生命的纯真与美丽吧。

北山竹海

悠闲的假日在北山徜徉，在这纯天然氧吧中，我已为那沁人心脾，带有竹香味的空气所陶醉。

走进北山竹海，竹子漫山遍野、郁郁葱葱。青青翠竹，亭亭玉立。它们好似苗条的妙龄少女，典雅高洁、婀娜多姿，又好似威武的坚强战士，有着挺拔的姿态。在翠竹林中呼吸带有竹叶清香的空气，令人神清气爽，那感觉似乘轻舟荡漾在绿海中。湿润的风拂面而来，使你有一种飘飘欲仙的感觉。竹林立于山间，秀逸中带有神韵，纤细柔美，在微风的摇曳下扭动出优美的舞姿。它们是那么的娴静优雅，自由地呼吸新鲜的空气，自由地成长。北山的武江坳、北山古道、里习地、猪洞迳白水寨、沿溪、曲地，成为北山竹海的标志性景观。

春风还没吹尽残冬的余寒，新竹笋就悄悄在地上萌发。一场春雨过后，竹笋破土而出，直指云天。所谓"清明一尺，谷雨一丈"，便是竹子青春活力和勃勃生机的写照。当鲜嫩的竹子迅速长到四五米高时,春风帮它剥去一件件黄色斗篷般的笋衣,露出带有一层薄薄白霜的竹的衣裳,这时的嫩竹便像个鲜活的小姑娘,亭亭玉立在明媚的春光里。风儿吹过,纤细伸展的嫩枝叶轻舞着,这时你闭目凝神,可听到沙沙的竹语。竹竿和竹叶在春风里欢快地摇曳,远远望去,像一片绿色的海洋在毫无顾忌地欢腾。近看,竹子似在不停地招手,又似相约一起扭动着纤细的腰肢,那万般风情给人以艺术的美感,让置身竹海的你,不禁产生无尽的遐思。行走在北山竹海的山道上,置身万顷碧波之中,举目望去,那竹林就像一队队、一排排跨马飞戈的兵团。苍翠挺拔的老竹,如同威武的勇士;而弯弯新竹,又像柔情似水的少女。行走在时而曲折、时而陡峭的山道上,只听见脚下的流水潺潺,发出细微的叮咚声,与多种山鸟的和鸣糅合在一起,让你陶醉在田园诗般的意境里。 场淅淅沥沥的春雨飘来,将竹海的气息浸化成沁人心脾的清新。在蒙蒙春雨中,翠竹洗尽了漫长的秋冬蒙在身上的尘埃,饱尝了雨露,冬季积攒的疲倦一扫而光,焕发出勃勃生机,呈现出万千娇态。竹林在雨中散发出一股醉人的魅力。伴着小鸟悦耳的鸣唱,缓步徐行,唯恐搅扰了这份安逸和恬静。雨中的竹林更加宁静、神秘和幽雅。在细雨中轻抚竹枝,将那一颗颗水珠接入手中,看着其中映着的翠绿竹影,仿佛捧着的是一颗颗翠玉了。

  盛夏的北山竹海,翠竹绿影婆娑,密密层层的竹叶把竹林封得严严实实的,挡住了人们的视线,遮住了蔚蓝的天空。倘若晴朗的天来到这里，金灿灿的阳光洒在竹浪上，碧海泛起金波。若你从竹林间的小溪掬一捧清泉尝一尝，甘甜的泉水会凉透你的心窝，甜到你的心坎，疲惫瞬间消失，那惬意真是赛过神仙。那带有竹香味的清泉，是大自然的馈赠。

当秋风吹来，竹子不约而同发出萧萧声。曲径深处，劲竹随风低吟。若风平了，只有些许竹叶飘落，好似黄色的蝴蝶在飞，若隐若现。在秋的竹海的大片翠绿中，偶尔点缀着几簇彤红的枫叶，仿佛镶嵌于村姑衣衫上的花朵。偶尔听到那婉转的竹笛，嵌入竹海，飘向山岗。轻踏竹叶，极目远眺，层峦叠嶂，竹林尽显婀娜。

当冬天来临，竹林的生机依旧。最有趣的就是那竹叶了，因为竹子的尾端朝向哪里，哪里就有竹笋。每根竹子都有一条根，而且根一节一节的，就像一条长长的鞭子。每节根都抽出一个小芽，小芽长大后，就成了一根竹笋，竹笋长大后，就变成了一根竹子。怪不得，一片小小的竹林，能长成一片大大的竹海。这时，当你走进竹林，漫步在铺满落叶的小路上，就像在绿雾里穿行。冬天的早晨，北山笼罩着乳白色的浓雾，像羞涩的少女。碧绿的竹叶尖挂满了露珠，只要轻轻一摇竹子或吹来一阵微风，露珠就会扑簌簌地往下掉，使行走在竹林中的人满身湿漉漉的。

北山竹海，这个充满诗情画意的翠绿画廊，既如那神奇的蓬莱仙境，又是一个充满梦幻气息的世界。翠竹，它不但以那挺拔壮丽的姿态陶醉世人，而且以它那不屈的品格受世人敬仰。宋代苏东坡对竹子的评价也很高，他在《於潜僧绿筠轩》中说："宁可食无肉，不可居无竹。无肉令人瘦,无竹令人俗。"我喜欢竹的亭亭玉立,喜欢竹的枝叶翠绿,喜欢竹的端庄凝重,喜欢竹的文静温柔。它既具有梅花笑迎风霜雪雨的坚强品格,又甘于寂寞而不孤独,刚强不屈而又婀娜多姿。置身于这竹的世界,你会真正感受到大自然的秀美。北山竹海这块价值连城的翡翠已深深嵌入我的心田!

清明的雨儿纷飞

清明节雨儿霏霏,山鸟哀泣,树木安静伫立,憔悴了四月。蝶纷飞,花瓣飘,片片诉别离。父亲,我又想你了。风吹落一脸泪滴。清明虽不寒冷,却感到春雨凄凉,似梦般沉重而清冷。那雨打芭蕉的沙沙声,似一首首萧瑟的挽歌。

父亲,你再也听不到密集的枪炮声,子弹也不会穿过你的大腿和在头上呼啸,你再也看不到鸭绿江上的连天炮火,再也不会在上甘岭阴湿滴水的洞中苦熬。所有这一切,你已无法追忆。但墓碑上镌刻着你的英勇,你的顽强,你的忠诚。在春意盎然的花季,透过绚烂斑斓的雨后阳光,我似乎看见你在大山的怀抱里微笑,看见你化作火红的杜鹃花,静静地盛开。你还是那么甘于淡泊,乐于寂寞。

手捧一束鲜花,把心中的哀思送达。

谷雨与梧桐花的邂逅

四月的谷雨相约沈所，与梧桐花邂逅。花儿如一只只小风铃挂在枝头，散发出阵阵清香。

这时，我感觉到风儿在轻吻着梧桐花，紫色喇叭在吹奏着欢快的乐曲，乐曲里是淡紫色的梦。那嬉戏的风铃，随着谷雨的暖风轻轻飘落。

树林里满地的淡雅素白，渲染了整个浅夏的思念，那曼妙的感觉，如同守候一场美丽童话。我们游走在梧桐树林间，太阳的情绪在梧桐花间奔走，花儿似那矜持的姑娘，做着淡紫色的美梦。

我走在梧桐花散落的小路，风朝我飘来，漫山遍野的梧桐花，飘逸成五彩斑斓的雅歌。

梧桐花是善变的小精灵，时而淡紫，时而洁白。它不与杏花争先，不与桃花斗艳，不与梨花比美，但那特有的馨香招来了多情的蜂蝶。雨，悄悄与梧桐花做了朋友，飘飘洒洒滋润着花朵。

我站在梧桐树下,静看着花开花落。我的心经不起芬芳的袭扰,在它短暂的灿烂里,去捕捉岁月的永恒。

飘飞的蒲公英

小小蒲公英,你乘着云彩,无拘无束舞动洁白的裙裾,以妩媚的姿态袅娜走来。风是你的翅膀,云是你的初恋情人,蓝天是你青梅竹马的伙伴。风那么轻、那么柔,你潇潇洒洒,牵着风儿的手轻歌曼舞。

你坦荡圣洁,蓝天也把你暗恋。你随着季节无怨无悔四处流浪,你飘向远方,是岁月的摧残,还是你心甘情愿?你是在赶赴一场约会,还是执行不可推卸的使命,抑或是寻找那梦境中的归宿?你那飘忽的灵魂,是孤独还是寂寞?

当你挺着那纤细的腰身,飘在蓝天上,飘在彩虹里,飘在阳光下,飘在夕阳里,飘在陡峭的山峰中,飘落在梧桐树上,飘落在清泉中,你是在回忆还是眷恋?你想浪迹天涯,飞到无边无际的远方吗?

探寻沈所古墟街踪迹

沈所古墟街是最能反映古代与近代始兴的社会经济文化和客家民俗风情的实物建筑群。它是梅岭古驿道上的一个驿站。

沈所古墟街建于明朝洪武年间,为郡治屯所,属始兴五所五营之一。古时沈所位于墨江河、横水河、城南河、石下河四河交汇处,水路发达,泊船安全,是一个天然河湾,墟镇因而形成。街是沈所古墟商贸的载体,于是沈所古墟便成了昔日沈所、江口、城南、黄所、太平镇方圆数十里的商品集散地。古墟街还有驿站、茶亭、客店、货栈、小码头等。沈所古墟街有800多年的历史,至今还保存有比较完整的古代建筑群。两侧店铺林立,大致有10多个铺面。整个墟镇分为新墟肚和老墟肚,有9条街,分别为锅头街、炭街、柴街、米街、青蛙街、杂货街、蛋街、罗屋街、豆腐街,此外还有檀香行、虾公行、草鞋行、阉鸡行、牛角行等。据有关史料记载:"清末民国初期,此墟甚旺,赴此墟者日达千众。"可见当时沈所古墟街的兴旺。

沈所古墟街是沈所的主要商业街道。最长的是锅头街，长约300米，柴街和炭街长度差不多，约为200米。街道宽约2米，路面均由大小相似的河卵石铺就。因行人走得多了，河卵石像上了石蜡一样，圆润光滑，略带光泽。两侧店铺林立，铺面都是用厚木板做成，因历经风吹雨打，已成暗褐色。店铺高出街道一两级台阶，台阶多是长短不一的麻条石砌成，因年岁久远，被商家顾客踏磨得异常光滑。随着社会的不断进步，科技的迅速发展，沟通南北经济的公路及国道的开通，使梅岭古驿道渐渐地退出了历史舞台，沈所古墟街也淡出人们的生活，成了人们远古的记忆。

但是，沈所古墟街承载着历史的印记，它的关帝庙、地母庙、观音堂、古戏台建于宋朝年间。千百年来，或许曾有无数的人在老街上慢慢行走，那店家招揽顾客的吆喝声，还有那叫卖声，似乎还在耳边此起彼伏。我怀着对从远古走来的沈所古墟街的好奇，带着童年时代的记忆，对镶嵌在古墟街周围的关帝庙、地母庙、观音堂和古戏台进行了寻踪探迹。

关帝庙

沈所古墟街的东面，现村委会对面，正是关帝庙，建于宋朝年间，坐东向西，是古青砖木瓦结构，建筑面积700多平方米。关帝庙是为三国时期蜀国的大将关羽而兴建的。关羽被人们称为"武圣"，与"文圣"孔夫子齐名。一座关帝圣殿,就是当时民俗民风的展示,一尊关公圣像,就是千万民众的期望。关公庙门口原本有两只威武雄壮的大石狮子蹲守。进了大门,前殿有左右廊角,中间是一个小院子,院子中间有天井,两侧有厢房。院子进去是后殿,后殿前沿有两个用古麻石砌成的圆柱形大柱子。我读小学时,经常在石柱下面玩"七子"。(我小时候,关帝庙是沈南小学。1971年起我在此读小学,读了五年。)院子进去到天井止步往左拐,即面朝关公庙的左手边,还有一排厢房。此排厢房旁原是小学上下课敲钟的地方,现已被拆除,并建了私宅,被拆面积大约有200平方米。石柱上面刻有一副对联,上联写道:帝之关王之宫宫关齐辉一座庙双陈俎豆;下联写道:圣于汉神于宋宋汉济美两朝交会冠裳。从对联的文字来理解,关公是汉朝与三国交会时代的人物。靠后殿正面壁是神龛,关公木雕像放于神龛正中,呈坐着的姿态。雕像高近2米,分为两节,腰以下为一节,头和上身为另一节。他戴着宋朝的官帽,穿着汉朝的官袍,神勇无比。关公左边是手持青龙偃月刀的周仓,右边是手按佩剑的关公之子关平。神龛上有一木匾刻写"协天大帝"四字。每年四月初八,在关公受封的日子,民间杀猪宰牛,击鼓吹箫,载歌载舞,乡民前往关帝庙祭拜。艺人粉墨登场,巫师虔诚祷告,武者舞刀弄棒,争相献技。此时的关帝庙香火缭绕,人如潮涌,气氛热烈高涨。场面最宏大壮观的,是由八人抬出关公的雕像,击鼓吹箫鸣锣跟随,在大街小巷走一圈。据沈所古墟街中的老者回忆,1957年建墨江大桥时,关公庙门口的两只大石狮子被搬到墨江大桥的北端作为镇桥之宝。可惜的是，1976年墨江大桥被洪水冲垮，这对石狮子遗失了。关公庙殿前原来还有两棵榕树，分峙在殿门左右，据说已活了1800多年，树围需数人合抱，被时人称为"青龙""白虎"。但后来一棵枯死于新中国成立前夕，另一棵则于1964年枯死。如今的关羽像也是后造的，旧像曾连同关公庙的木匾被烧毁。

地母庙

位于沈所古墟街的东南面，现村委会旁，正是地母庙，建于宋朝年间，与关帝庙一起兴建，坐南朝北，是古青砖木瓦结构，门口的吊顶工艺与关帝庙相似，但建筑面积仅有200多平方米，规模比起关帝庙小三分之二。庙的规模虽然不大，却有许多独特之处。整座地母庙由三部分组成：正殿、侧房和阁楼。正殿一大间，跨度约6米，内有木刻地母像，穿衣戴冠，亲切、慈祥，犹如家中长辈。神像上方高悬"正大乾坤"匾额，是对天公地母的敬颂。正殿两侧墙壁各镶嵌两个壁神龛，龛内有许多烧制好的菩萨瓷像。地母是大地女神，是万物的生母，被视为"万物之母，大地母亲"。她是传统农耕社会土地崇拜的产物。沈所民众为了丰衣足食、安居乐业，建庙塑像祭祀地母，以求赐福灭灾，给众生带来吉祥康泰。每年十月初十，是地母庙的庙会。这一天，附近村子中的妇女，都去送油（花生油、煤油）掌灯，同时还要烧纸上香。

观音堂

观音堂位于沈所古墟街的锅头街东面,建于宋朝年间,与关帝庙一起兴建,庙宇坐南朝北,是古青砖木瓦结构,门口的吊顶工艺与关帝庙相似,建筑面积30多平方米。门额上曾刻书"观音堂"三字,门口下坎是古代车马、牛、人行之石阶路。正殿内正中有一尊1米高的木雕观音像,头饰花冠齐全。后院是砖木结构。观音堂后面部分因无人居住,年久失修,现已完全坍塌。

古戏台

古戏台,又名"古鉴台",位于沈所古墟街的东南面,建于宋朝年间,与关帝庙一起兴建,戏台坐西向东,与关帝庙面对面,是古青砖木瓦结构,正好坐落在现沈南村委会。台高约1米,宽8米,深9米,戏台后两侧各有一间小屋,屋内有青砖砌成的阶梯通往戏台,方便演员进出。戏台后壁正中悬挂一只木刻老鹰,老鹰双翅张开,双爪抓着一只麻雀,正视前方。戏台面由五寸厚的杉木方形板整齐铺就。台前两侧木柱刻着一副对联:"顶冠束带俨然君臣父子,停锣息鼓谁是儿女夫妻。"新中国成立前,每年关庙会,都由墟里各店家各房捐款集资请戏班唱戏,平时常有湖南、广州班子和江西采茶戏班来此演出。每逢墟日、打醮或重大节日,有钱人家请来湖南班或广州班在此演出,引来沈所周围数十里的民众前来观看,场面热闹非凡。有个叫"仁文先生"的县城财主,逢戏必到,每次演戏戏台前中央都特地留个座位给他。怪异的是,他看戏是用耳朵听,而不是用眼睛看,细节就问旁边的小孩,如果戏中有点不合,他就叫身旁的小孩往戏台上扔石头。因此,戏班主每到沈所墟演出,总要备份礼物在第一时间送给他,否则,他就会挑与时令相反的戏。后来,戏台后面的小房子成了牛栏,臭气熏天,于1958年被拆除。

　　沈所古墟街曾凭借得天独厚的自然环境和交通条件,成为商品贸易的重要枢纽。这里的街名都反映了当时的生活场景,商业的繁荣景象。丰富的物产孕育了众多的仁人志士,如邓文礼、邓文畴、邓绍昌等。沈所古墟街的历史,令人自豪!

红梨"打麻糍"

始兴县地处粤北山区,是一个典型的以客家人为主的"千年古县",拥有悠久的历史和深厚的文化积淀,民俗文化源远流长。"打麻糍"是始兴红梨村绚丽多姿的文化记忆之一。勤劳勇敢的始兴人在长期的生产、生活中形成许多风尚和习俗,并代代相沿,积久而成丰富多彩、特色鲜明的客家民俗文化。

始兴红梨村一带至今还流行着"打麻糍"的习俗。该村自古以来每逢婚嫁、过年,家家户户都拿出自家专门用于打麻糍的石舂和木槌打麻糍。软糯香甜的麻糍成为过年和婚宴餐桌上必备的糕点,可谓老少皆宜,颇受当地人的喜爱。

按照习俗,麻糍打好后,要做成一个个圆团,并撒上一层炒香的花生碎。煮好的浓糖水浇在放在盘子里的麻糍圆团上,客人就可以开吃了。圆圆的小小麻糍,在过年时,具有"合家团圆"之意,营造节日气氛。对于婚嫁来说,它又具有"圆圆满满""甜甜蜜蜜""百年好合"之意。

每逢打麻糍,最高兴的是小孩。他们一边看热闹,一边焦急地等着吃又软又黏又甜的热气腾腾的麻糍,而长辈们也在喝茶抽烟,等待吃麻糍。如今,打麻糍的习俗仍然存在,但已逐渐演变为一种民俗活动,深得百姓的喜爱。

村民把收割的糯谷晒干后,碾成糯米,将糯米淘洗去砂后,用木制蒸桶蒸熟,放入洗干净的石舂,由几个壮汉拿粗大的木槌,蘸上干净水(以防麻糍粘在木槌上),交替捣烂。打好的麻糍除分成小团,撒上花生碎和浓糖水直接食用,还可以加入白糖混合均匀,用花生油炸,叫"油糍"。油糍未炸时呈乒乓球大小,发起来可大好几倍,当地有"来年发不发,看油糍"的说法。所以,"打麻糍"在农村来讲,是不可小觑的绝活儿。油炸的麻糍,一般是结婚当天,男方去接新娘时,必备的一种礼物。盛装麻糍的木制圆盒盖上必须放上几枝柏树叶。

红梨大安坪泥鳅神传说

始兴新开发的旅游区马市镇红梨村的大安坪古村落，至今还有一个很特别的习惯，那就是建房不用石灰。这与一个泥鳅神的传说有关。

相传，很久很久以前，有一对年轻夫妇游猎到石子头山边，举目四顾：山头绿树婆娑，山下流水潺潺，几条山沟地势平坦开阔，土层深厚肥沃，适宜耕种。于是他俩便选定一座小山脚下的平地，砍来小树和竹子，割来芒草，盖了几间茅草房子，定居下来。白天他俩上山打猎或开垦种地，晚上回到草房里歇息。虽然草房有些简陋，但他们感到很舒适、很温馨。

多年后，他们有了一对儿女，美中不足的是他们的儿子三岁时得了怪病，不思饮食，瘦骨嶙峋，经多方求医未能明显好转。有一天，一个老人上山采药路过他们家门口，轻叩柴门："有人在家吗？讨口热茶。"老人之声引起一阵犬吠。男主人出门将老人领进屋来，请老人坐下，女主人便双手端过一碗热茶水递给老人。这位老人有点古怪，只在嘴边各留了一撮胡须，服饰外露出来的皮肤都如鱼鳞似的。老人接过茶道谢，正要喝茶时，看到一个瘦弱的小男孩走了过来。老人一惊："这孩子为何瘦成这样啊？"男主人满脸愁云回答道："将近一年了，这孩子总是不思粥饭，喜喝凉水，遍访附近郎中，药没少吃，但效果甚微。"老人喝完茶，放下手中的茶碗，凝视了一会儿小男孩，然后说道："小孩可能是阴虚火旺，脾胃失调，故上焦下寒，喜饮凉水。病得不浅，但不用怕，我有一方草药，可能有效。"夫妇下跪叩拜："请大伯救救我家孩子。"老人起身，急忙摇手示意，"这样使不得、使不得，快起来哟！"夫妇站起，请老人坐下。女主人再给老人倒满茶。老人说："方子很简单，药源也容易取，去挖些泥鳅串头晒干备用，一次用干货四钱，不能超量；另外去挖点鹅不吃草，洗净晒干备用，此药用量五钱足够；冉有就是去捕捉些泥鳅回来，用水桶或水缸盛上干净河水或山溪水养三四天，待泥鳅排泄干净肚内东西即可。先把前两味药按量放大碗内，加水一碗，置锅内隔水蒸一炷香时间，然后去掉药草，加入九只泥鳅再次隔水蒸半炷香时间，出锅趁温热喝汤同食泥鳅。每天早上空腹食用，连食九服，定有好转。然后每天只用泥鳅蒸汤，再连续服用九天即可康复。"

老人说完，起身辞别，夫妻俩热情挽留，请其在家小住几日，老人婉言谢绝。出得门来，一阵轻风吹过，一朵白云飘落庭院之中，老人步入云中，乘云冉冉升起，向西南飘去。夫妇俩急唤孩儿来到院子里，一家四口面朝西南跪拜，目送老人乘云而去。

夫妇俩照老人指点，耐心给儿子蒸药治疗，经过半个月的调治，孩子精神开始提振，饭量增加，面转红润。夫妇俩悬在心头的石头慢慢放下了。待食用完两个九天的泥鳅汤后，孩子基本康复。

自孩子恢复健康后，夫妇俩心里非常高兴，又非常感激，商量如何感谢仙人对儿子的救命之恩。仙人乘云而去，住在何地？夫妇不得而知。夫妇俩最终决定：因仙人乘云往西南方向飘去，就在住地的西南方向择地建间小庙，每逢初一、十五夫妇就到小庙去烧香、敬酒，祭拜神仙。

第二年秋初，有一天，夫妇俩在离小庙不远的稻田里劳作，在田里施了石灰粉，石灰把田里许多泥鳅给毒死了。当晚夫妇俩在睡梦中，都梦见了给孩子治病的仙翁，仙翁说了同样的话："泥鳅是我南海龙族远亲宠物，最怕石灰毒水，望多关照，免得误伤。"夫妇俩觉得这可能是恩人托梦，他们想：看来我们家所遇恩人应是南海龙王，泥鳅也是神物。从此以后，夫妇俩再也不敢在田里施放石灰了，并立下了一个誓言：在石子头居住的后代子孙，不能在田土中施放石灰，所有建筑也不许用石灰作基建材料，违者将受神灵惩罚，泥鳅应作神供奉。

现在居住在石子头的居民，仍然保留不用石灰建房子、粉刷墙壁、建坟墓等传统，石子头西南边的小庙仍然香火不断，小庙周围古树繁茂。

红梨管湖的金鸭麻

相传古时候,管湖上村大门塘里有一双金鸭麻。每年春暖花开后,深秋寒冷前,早晨和傍晚,人们经常能看到一对鸭子在塘里嬉戏游弋。它们一会儿钻进水里寻食,一会儿又展翅贴近水面追逐玩耍,有时候漂浮在水上侍弄羽毛。

起初村民以为是谁家的鸭子经常不回家,在野外过夜。年复一年,那两只鸭子总是冬去春来,人们又以为是野鸭子。但这两只野鸭子的叫声很是特别,声音清脆、洪亮,如金铃般悦耳。自那双鸭子出现以后,村里似乎特别安宁,六畜兴旺,老少平安。

有一天,一个道士路过管湖,看到管湖山青水绿,翠竹随风轻摇,鱼塘碧波荡漾,村庄炊烟轻浮,紫气缥缈,好生奇异,便进得村来,想打听个究竟。经多方探问,未知其所。但他已知道当地村民勤恳耕种,邻里和睦,老少平安,安居乐业。他在村子里转了一大圈,又从大门出来,坐在大门口的条石凳子上,凝神细看周围的环境。只见远处重峦叠嶂，近处碧水荡漾，周边阡陌纵横，端的是一片十分宜居的环境。道士正在沉思中，突然听到数声嘎嘎的鸭子叫声，声音清脆洪亮，与一般的鸭子叫声有着很大的不同。道士循声望去，见有群鸭子在塘中悠游自在。道士起身走到塘边，拾得一块小石子扔向鸭群，鸭惊慌散开，其中有两只鸭子展翅飞了起来，阳光下身闪金光，甚是耀眼。道士看了心里一惊："那非凡间之物，难怪有此鸣叫之声。"道士心中豁然醒悟，原来此地有仙踪真迹。

道士告知村中一位长者，大门口塘内栖有一对仙鸭，形似普通鸭子，其实是上天之物，应是仙鸭化身。贵村有福分，后有大发之时。财属上天所赐，个人不该私得，若私人所占，有不祥之日。道士讲完，起身离村远去，长者口传仙鸭之事予村民知晓。

数年后，一个寒冷的冬天，一群儿童在大厅里围着火炉取暖，嚷着要老人们给他们讲故事，其中一个老人笑着满口答应，但对孩子们提了个条件，要孩子们到大门外鱼塘边捡拾些柴火回来。孩子们兴高采烈，蹦蹦跳跳来到鱼塘边捡拾枯枝烂木。他们从一个枯树枝堆里抽出一枝枝柴火，突然发现树枝堆里有一个枯草窝，里面兜着六个闪闪发亮的蛋。用手拿起，蛋儿沉甸甸的，好重啊。孩子们每人分得一个蛋，拖着柴火，叽叽喳喳，高兴雀跃地回到大厅里来。他们放下柴火，举起捡来的蛋，问老人们："这是什么蛋？可拿来煨熟吃吗？"有个老人接过一个孩子递过来的蛋，掂了掂，说："这东西不是禽鸟之蛋，秤砣般沉得很哪。"

孩子们捡拾到宝贝蛋的消息，马上传遍了整个管湖村，人们争相来瞧宝贝蛋的真容。有个经常外出做买卖的村民看过后，发出惊叹："这是黄金蛋啊！"全村沸腾起来了，议论纷纷，有夸赞拾蛋孩子有福气的，有羡慕人家发了财的、有眼热人家拾宝贝而说捡了破铜烂铁的，也有人说这是神仙赐物应为全村共享的。林林总总，各说其是。后来有一天，人们发现祖堂的墙上写有一首诗：仙鸭产下黄金蛋，儿童拾获众人看；神仙宝物归谁去？建间学堂后人赞。

捡宝归捡宝，议论归议论，六个得宝家庭，承担着村民各种评说和猜度。他们认为：天上神仙所赠之物，自己捡得，非抢非偷，应在情理之中。转念又想：道士早有留言，加之祖堂诗句提醒，集六家之财，建一间学堂，培育子孙后代，也属善举，估计六个金蛋财力可为。

两年后，一间四水归堂的学堂在管湖大门口塘对岸左侧建成开学。金鸭麻的鸣叫声有时和着学堂里的琅琅书声，汇成天籁，回荡在青山绿水中。

乳源大桥镇美如仙境

依山傍水的大桥广场

乳源瑶族自治县的大桥镇，是一个以一座桥命名的小镇。

明朝时，乡民饶仁在杨溪河上架起一座"通济桥"，后该桥于清乾隆二十六年（1761年）被洪水冲毁。乾隆二十九年（1764年），村民集资，以二三拱结构重建此桥。2005年，桥被加固、翻新。在数百年的时间里，这里的桥起到了沟通两岸交通的作用，被此地的居民亲切地称呼为大桥。这座桥是当地史的见证、文明的象征。

大桥旁边正修建着大桥广场。它背靠云山，面朝杨溪河，有着清纯质朴的韵味。它也以大桥为名，传承着地与物、地与人、人与事的关系，饱含着一种情感、一种精神，今后也将成为一方文明的象征。徜徉其中，人们会为大自然的魅力所折服，会感受到山风带来的泥土气息，会欣赏到满目的碧水青天。

清幽的观澜书院

大桥广场旁边的观澜书院，与公园一道依山傍水。观澜书院是一个静谧的小院。在这个小院中，没有尘世的喧嚣，没有名利的污浊，只有淡淡暗香，只有盈盈月光，只有涓涓流水，只有鸟语花香。这里是梦中的享书之地。

书院因正前方可以一览滔滔奔流的大桥河水，故而得名"观澜"。观澜书院建于清朝乾隆年间，为四进院落四合院式布局。观澜书院建成后，罗集全村子弟入泮读书，为当地的文化教育事业发展发挥过巨大作用。如今，观澜书院已成为大桥村新时代文明实践点，是观光旅游的好去处。

深源村，古村与功名石

深源村古村落始建于明朝成化年间，整体建筑保存较为完好。古村落的选址采用"龙形"格局，背靠背夫山，面朝风水塘，房屋具有蜿蜒之势。村落西北方向有炮楼一座，为画龙点睛之建筑。

炮楼也建于成化年间，为三层，由青砖石筑成，用于军事防御。在村中还有余氏宗祠，是北宋政治家余靖后人所设。祠堂前立有功名石。在科举时代，凡是族中有人考中秀才，获得功名，族人都会请石匠建造功名石，用以竖立入旗，以彰显荣耀，鼓励后进。人再富有，若没考取功名也是不能立功名石的。此外，深源村中还有古石拱桥、古墓、古道、古树等古物。当你进入深源村古村落，不但会获得视觉上的享受，而且会感受到古村落的淳朴民风。

美丽的横溪水库

横溪水库，贯穿必背瑶寨，一河两岸十多里，有粤北"天池"之称。它是乳源第二大水库。水库的湖面仿佛一面明镜，又像一颗蓝宝石镶嵌在大地上。在阳光的照耀下，水面上跳动起粼粼的光斑。水映出了蓝天白云的倒影，映出了小草那水嫩的绿，映出了油菜花迎风招展的动人身姿。水库上空，荡漾着一层氤氲的如仙境般的轻雾。在这烟波缭绕间，不知由哪儿飞来的黄鹂鸟掠过水面。假如你静静地坐在这里，你的思绪定会随着那流水，奔腾万里……

水库孕育了大量优质的大头鱼、草鱼、叉尾、三角鲂、黄角鱼等，体大、肉厚、鲜甜，风味独特。

风光旖旎的南水水库

南水水库位于乳源瑶族自治县城西，与大桥镇毗邻，距京珠高速公路南水湖出口1千米，是广东省第二大人工湖，流域面积1470平方公里。南水湖水质晶莹透碧，沿岸青山连绵，瑶寨竹木楼掩映在绿树丛中。每当雾起时，南水水库上水汽氤氲、云雾缭绕，如人间仙境，颇有种神秘的色彩。在实地，你可以一边领略库区风光,一边感受微风轻拂。由于水库较深,最深的地方近80米,因此湖水是深蓝色的。在水库西北一个面积万亩的半岛上,建有中国南方第一个狩猎场,里面雉鸡、水鸭、野兔、山羊出没,任你捕猎。不远处,还有温泉别墅。

　　当你徜徉在美丽的大桥镇,它会带给你陌生的归属感,因为它的深沉,因为它的历史,因为它美丽的一切。

稔花开了

那五月的风,悄悄吹开了稔花的花蕾。

晨曦中,刚刚苏醒的稔花好奇地抖动着叶尖上的露珠,宛若一位羞涩的少女。扛着太阳的蜜蜂在稔花丛中轻歌曼舞。稔花一朵朵地轻轻绽放,为山峦预约了一个绚丽多彩的夏天。

奔跑而来的山风,把绯红和浅白的花蕾簇拥。一簇簇的稔花,一瓣瓣的粉红,已浓缩在浅夏的梦里。那端庄妩媚的神韵,让奔跑的山风慌不择路。

徜徉在稔花丛中,偷听那粉红色的花语,轻吻着花瓣,听鸟儿鸣唱。花儿那多情的眼神,那袅袅清香,晕染出山旮旯的诗情画意,托起一段段典雅的稔花情韵。

稔子熟了

稔子，如酒的名字。你的花朵放歌于浅夏，花开未尽，身旁已结青涩的果。

贫瘠的荒野上，花却开得那么鲜艳。你不怕世俗的目光，袒露自己的美丽。满山遍野的紫色，那是你的浪漫。你在平静的时光里微笑，燃烧成炫目的精华。那血红的果浆，难道是思念的化身？是谁想把月儿招来，把稔果种在月宫的花园？露水在晨曦中泼洒，晨曦不言不语，只洒下柔光。你如穿紫锦披风，缀满相思，将深深迷惘藏进浅浅的笑靥。

秋风拂过山野，轻抚稔子的脸颊，羞得稔子扯来了朝霞遮掩。我呼吸着秋的芬芳，望着那一树树青、红、紫色稔果，一簇簇挨挨挤挤，迎着秋风频频点头。我吸吮着稔子与朝露酿成的琼浆，听着蝉儿鸣唱，芳草、松树为丰满成熟的稔子鼓掌。顷刻间，我似乎醉了，醉入秋色中，醉入满眼的紫红中。

九月，那秋韵时光

九月，你乘着凉风而来，夏在日月的轮回间悄然而逝。秋天那生命成熟的季节，唤来凉风作衣，弹奏着婉约静美的韵律。

野花浓烈地挡住去路，成群的鸟雀掠过风声与花朵。一帘帘细雨，一缕缕清风，一瓣瓣残红，一泓泓秋水，浓了秋韵，惹了秋思。南归的大雁在天际引吭高歌，将思绪搁浅在季节深处。

那从容飞扬的缤纷落叶，片片贮藏着夏秋之梦，梳理着那些被时光遗落的音符。秋风，追逐着一抹明媚；秋雨，掁着淡然的笑在飘，把我的微笑一起揉进风里。

带着秋的宠辱不惊，携着秋的安之若素，与时光，与温暖，一路同行。

守护一方绿水青山

"墨江之水风光美,溪水潺潺群山翠,珍禽异兽林中藏,古树参天绕绿水",墨江之水碧波荡漾,水面上不时有群鸟飞过。江畔的湿地公园上方碧空如洗,远望群峰苍翠欲滴。

微风拂面,裹挟着雨后的凉爽和清新;鸟声啾啾,蕴藏着大自然的勃勃生机。一幅水清岸绿、生态和谐的美丽画卷呈现眼前。

这些美景,离不开韶关市生态环境局始兴分局(以下简称"始兴县环保局")的辛勤付出。民众从"盼温饱"到"盼环保",从"求生存"到"求生态",生态文明建设已经成为全社会的共识。始兴县环保局以持续改善生态环境质量为核心,突出精准治污、依法治污,进行生态环境监测和保护,取得明显成效,交出生态环保新答卷。

积极推进农村污水治理，扮靓乡村振兴"底色"

生活污水处理是改善农村环境质量至关重要的一环，是乡村振兴的关键一步，但也是一个很难解决的问题。农村生活污水治理工作是农村人居环境改善的重要内容，也是实施乡村振兴战略的重点任务。始兴县环保局深刻体会到良好生态环境是最普惠的民生福祉。随着农村居民收入的持续增加，干净的农村人居环境与良好的生态环境逐渐成为广大农村居民日益迫切的向往和追求。始兴县环保局严格按照农村生活污水治理工作行动计划有关要求，高站位、高标准、高质量持续推进我县农村生活污水治理工作，全力攻坚，多措并举，综合施策，持续推进，取得了明显成效。面对难题，始兴县环保局如何应对和破局？对此，我们到实地作了详细了解。

破局的法宝之一：规划先行，完善建管并重机制。

笔者到实地了解到，始兴县环保局在推进农村污水治理项目实施过程中，对127个行政村调查摸底，全面掌握了农村生活污水治理的现状，编制了《始兴县农村生活污水治理"十四五"专项规划（2021—2025）》。因地制宜，实事求是，分批分次推进农村生活污水治理。例如，县住管局负责实施的浈江支流始兴段生态环境系统保护修复工程（始兴县村级污水处理设施项目），项目采用设计施工总承包（EPC）模式实施，估算总投资为4000万元，建设15个农村污水设施站点，污水处理总规模543吨/天，配套管网完成建设约50公里，覆盖太平镇等8个乡镇，30个自然村，服务户数

1371户，服务人口10万人。该项目目前已完成初步验收，且已根据初验专家反馈意见全面完成整改，正在开展终验准备工作。由县农业农村局牵头组织实施的始兴县墨江流域农村污水综合治理工程一期项目，主要包含太平镇、城南镇、沈所镇、顿岗镇老旧设施提升改造工程和未做污水处理的自然村，共4个镇，18个行政村、76个自然村进行生活污水收集及污水处理设施建设，设计处理总水量约为1400吨/天，建设管网约95.2公里。此外，还建立了农村生活污水处理设施长效管护机制，明确了各方责任和运行经费，有效保障建成后的设施运行。

破局的法宝之二：构建"大格局"，建立"数据库"。

始兴县人民政府办公室印发了关于《始兴县农村人居环境整治提升五年行动实施方案（2021—2025年）》的通知，专门成立了以副县长级干部为领导的人居环境整治领导小组办公室，从9个牵头部门抽调人员专门负责协调、督导、考核。县委、县政府主要领导每季度调度，市级领导常态化督导，每季度对县工作情况开展督导，对县和牵头部门实行"双考核"，构建农村污水治理"大格局"，形成齐抓共管人居环境整治工作合力。同时按照"政府主导、部门配合、统筹协调、合力推进"的原则，结合实际，因地制宜，分区分类梯次推进治理。为全面排查掌握全市农村污水状况，对照排查标准，进行摸底排查，开展全县集中式农村生活污水处理设施运行情况排查，建立"数据库"。将已完成的农村环境整治村、农村生活污水治理村情况及时在"农业农村生态环境监管信息系统"中进行填报，及时完善数据信息，做到信息共享、互通。截至2022年，全县完成农村环境整治行政村达62个，完成农村生活污水治理村740个，投入资金4亿余元，新建集中式污水处理设施333座，处理能力合计9390吨/天，受益人口超10万人。

破局的法宝之三：选择"多模式"，抓好"常态化"。

始兴县在推进全市农村生活污水治理中，对浈江、墨江流域等饮用水源保护区、自然保护区和水质控制区域优先治理，重点治理城乡接合部以及乡镇政府所在地、中心村、旅游风景区、自然文化村落等人口居住集中区域。坚持资源化利用和生态治理两大原则，科学选择农村生活污水治理模式，统筹考虑当地经济发展水平、污水规模和农民需求等，做到每条污水一个治理方案，合理选择适用的农村污水治理技术和设施设备，降低治污成本，做到标本兼治。同时，多渠道筹措，推动PPP模式农村污水治理项目。仅2022年，建设农村生活污水处理设施站点138个，实际建设设施站点74个，处理工艺均采用AA/O一体化设施，处理总规模1040吨/天，配套管网建设约170.4公里，覆盖116个自然村，服务人口16922人，污水收集率达到80%以上。日常运维管理统一委托安联公司开展，建立了日常巡查、清理、监测等运维管理台账，根据运维方自行监测、市生态环境监测站始兴分站抽测结果显示，处理出水均达标。

始兴县环保局负责人介绍，对于一些城郊接合部的农村，已建成部分排水管网，在有条件的情况下，优先考虑将其生活污水纳入城区污水收集管网，统一转入污水处理厂集中处理。对于污水量大、易于统一收集的村落,建设收集管网,采用污水治理站、一体化处理设施、集中式人工湿地等方式集中处理。对于居住分散且偏远的山区,可推广生态旱厕。农村饮用水水源地、自然保护区等环境敏感区,因地制宜采用生态沟渠、人工湿地等生态化技术,因河因塘,分类施策。争取三年内,全县乡镇政府所在地实现污水处理设施全覆盖,饮用水源保护区、自然保护区等重要生态功能区行政村污水处理设施基本建成,城市近郊区农村生活污水治理率达55%,全县农村生活污水治理率不低于45%。

破局的法宝之四:因地制宜,精准治理。

始兴县在完成规定治污动作的同时推陈出新,各片不等不靠、迅速行动,采取"收集管网+蓄污池+专业拉运"方式,有序进行土方作业、铺设污水管网,开挖、装管、回填等各环节有条不紊,不断完善排水功能,做到生活污水集中排放、集中处理。采取管道防臭、水泥加固、设施硬化处理、周边覆土种菜等措施,加大设施设备投入,提高水污染治理能力,积极调动住户主动参与生活污水治理。做到"建成一个、运行一个、见效一个",共建美丽、宜居乡村,幸福指数逐渐攀升。比如,在罗坝镇,不但处理好居民冲凉房、厕所的污水处理,把厨房的废水也作了处理。在目前来讲,这是走在全市前列的做法,居民反映良好,收到了较好的社会效果。

破局的法宝之五:严建设,重管护。

严把施工审核关,强化施工过程控制,采取优化管理、规范建设、防范风险等措施,确保排污工程质量。坚持"建得起、管得好、能运行"和因地制宜的原则，确保城镇周边村庄推行延伸收集管网"纳管处理"，聚居度较高的村庄推行"集中处理＋资源化利用"，农村零星散户推行"分散处理＋资源化利用"三种治理模式。在规划设计、建设标准、监督管理方面实行三个统一，有力推进农村生活污水治理。近年来，共投入资金4亿余元，完成农村生活污水治理项目333个，涉及62个行政村。聘请第三方运维公司负责终端运维工作。将污水处理设施运维情况纳入污染防治攻坚、农村人居环境整治考核体系。截至目前，开展监督检查12次，排查落实整改不达标等问题8条。笔者到农村污水处理的实地了解情况，当地的农民满怀豪情地对我们说道："污水经过处理后，村里的环境也变好了，夏天蚊虫也变少了，这项工作抓得确实好。"

以环境质量监测走促经济发展"双赢"路

近年来，始兴县环保局深入贯彻落实党的十八大和十九大精神，牢固树立和践行"绿水青山就是金山银山"的理念，履行职责使命，当好生态卫士，大力开展生态环境保护工作，取得显著成效。职工群众生态幸福感、获得感明显提升，真正喝上干净的水，呼吸到清新的空气，看见一碧如洗的天空，享受绿意盎然的生活。

始兴县为构建生态自然、生态产业、生态宜居、生态文化体系，积极创建国家级生态文明建设示范县，实施"蓝天、碧水、净土"工程，经多年整治，一个美丽如画的新始兴在墨江之畔快乐绽放。

始兴县环保局是如何在环境质量监测上下"狠招"的？

第一，深入打好蓝天保卫战。一是积极推进挥发性有机物（VOCs）攻坚治理工作，开展涉 VOCs 企业排查整治专项行动。二是积极开展工业窑炉污染综合治理，深化窑炉分级管控，确保我县所有重点窑炉均达到 B 级以上等级。三是积极开展工地、道路扬尘整治工作。县环保局联合县住建局、县交运局做好施工扬尘监管，大力打击车辆道路遗撒、未封闭运输现象，协调推进县城道路洒水喷雾降尘工作，有效遏制道路扬尘污染问题。四是积极研判应对污染天气，开展重污染天气巡查管控工作，加强对各涉 VOCs 企业的监督管控。

第二，深入打好碧水攻坚战。一是积极开展地表水常规监测。定期对花山水库以及浈江、墨江的多个断面进行采样监测。上半年受降雨偏多影响，我县主要河流断面水质明显改善。二是加强饮用水水源地保护。初定山口三级水库为备用水源地，隘子镇、司前镇、深渡水瑶族乡、罗坝镇、澄江镇 5 个乡镇级集中式农村饮用水水源地"划、立、治"工作目前已全面完成并通过验收；会同县水务局、各乡镇形成常态化巡查，加强饮用水水源地风险管控。三是推进入河排污口整治工作。我县共有 9 个入河排污口纳入《韶关市入河排污口整治清单》，目前已全面完成整治工作。四是加强农业面源污染治理。加强对小散养殖户清理整治，支持中小养猪场户建设高标准养猪场。截至目前，我县畜禽粪污综合利用率达到 90.3%，在养规模养殖场治污设施装备配套率已达 100%。加快推进农村生活污水治理，积极争取省级专项资金，加快推进浈江支流始兴段生态环境系统保护修复工程项目（始兴县村级污水处理设施项目），协助县农业农村局启动实施墨江流域农村污水综合治理工程一期项目，切实做好农村生活污水处理设施建设及老旧污水处理设施提升整改工作。五是加强工业污染源监管。积极开展辖区内工业企业污染源监测工作，定期对重点污染源企业及排污单位进行监测。

县环保局是如何进行环境质量监测，走促县域经济发展"双赢"之路的呢？笔者通过深入调查，了解到该局是下了狠招的。

第一招，对环境违法不"心慈手软"。县环保局结合《中华人民共和国环境保护法》的实施，以环境敏感点、环境安全隐患点和社会关注的热点问题为突破口，组织开展环保专项执法月活动，重点查处涉"按日计罚""查封扣押""限产停产""信息公开""行政拘留"等环境违法行为，梳理并曝光一批典型的环境违法案件，严厉打击环境违法行为，提高环境守法意识，确保环境安全与稳定。近年来，共实施环境现场监察1650人次，检查企业60家次，实施行政处罚57件，处罚金额400多万元，行政拘留3人，刑事拘留4人。县环保局主持工作的副局长刘景华有自己的看法："环境执法说难真难，受体制、法律等方面的影响，如果对环境执法的力度、手段等都相对薄弱，对违法排污企业就形不成威慑。但环境执法说不难也不难，只要严格执法，铁面无私，心系群众，让违法企业付出高昂代价，对违法排污企业形成高压态势，就一定能让环保法'硬'起来。"

第二招，用"千里眼"治理"水土固废气"，强力行动呵护生态底色。我们特意走访了一个资深的县环保局干部，他说道："以前为了加强对企业的监管，我们要花费大量的时间去开展现场检查，现在好了，生态环保信息化系统为环境监管安上了'千里眼'，我们可以实时掌握排污企业现场环境管理情况，这种'线上+线下'双重监管的模式，既避免了疫情下对企业正常经营的干扰，也极大提高了日常工作效率，减少了监管死角。"

最近一段时间，蓝天白云占据了不少人的朋友圈。但是你知道蓝天不加滤镜的美霸气刷屏背后有多少环保人为之努力吗？我们专门走访了住在墨江河畔的居民，他兴致勃勃地对我们说道："墨江河两岸水清草绿，垃圾少了，水质也在逐渐变好，鸟儿也多了。柏油马路穿村而过，农家小院坐落于绿水青山间，安然而静谧……""我是喝着墨江河水长大的，对墨江河充满了感情，也许有人觉得巡河很辛苦、很枯燥，我却乐在其中，我的工作就是要保护好墨江河。现在治理后的墨江河真是太美了，河水丰沛，鱼虾游弋，每天走在这里，我的心情都格外畅快。再往前走就是湿地公园了，那里是我们墨江人的后花园，春有百花争艳，夏有碧水长流，秋有水鸟栖息，一年四季都美不胜收！"巡河员老陈自豪地说。

第三招，把土壤污染防治落到实处。县环保局成立推进土壤污染防治工作组，制订受污染耕地安全利用工作方案。积极推进城市生活垃圾分类，制订垃圾分类相关工作方案，推进餐厨垃圾专项收集处置工作，投入餐厨垃圾专用收集车和一批餐厨垃圾收集桶。通过执法检查督促生产企业规范企业生产行为，消除安全隐患，提高企业安全生产意识，把土壤污染降低到最低程度。仅在2022年1~10月，县域范围内，对4家涉镉等重金属企业均落实了排查管控要求，未发生环境污染安全事件，全县无列入韶关市公布的疑似污染地块名录的地块，工业企业危险废物、医疗废物安全处置率均达100%，未发生非法倾倒处置危险废物案件，生活垃圾得到有效处理，生活垃圾无害化处理率达100%。

第四招，"亮剑"执法结合"人性化"执法，让权力更透明，执行更有力。公正执法不是说在嘴上、写在纸上，始兴县环保局实实在在通过科学的程序规范执法行为，用细化的自由裁量规则压缩权力的"弹性空间"，公正执法，让权力更透明，让执行更有力。为了把公正执法这一举措落到实处，县环保局制定印发了《始兴县环境保护行政处罚程序规定》，结合岗位、人员配置，将职权分解到具体执法岗位，并采取流程图（表）与文字说明相结合的方式，将行政执法程序中的各个环节、执法岗位的职权责任明细化，切实做到了流程清楚、要求具体、期限明确，严格按照法定程序办事。同时，编制印发了《环境保护行政执法简明手册》，收集整理了环境违法行为、处罚法律依据、处罚程序、行政处罚证据规则及环境行政处罚主要文书制作式样。对企业违法行为，按"先教育规范、后限期整改、再依法处罚"的"三步式"执法程序，进一步规范行政执法行为，提高执法效率，减少多头执法对企业的干扰，让受罚人感到环境执法是依法执法、人性执法、服务执法，让他们心服口服。

第五招,以改革谋创新,用智慧环保平台保障绿色发展。生态文明建设,知易行难。如何牢牢守住环保红线?县环保局用改革办法破解绿色发展难题,用信息支撑保障绿色发展。制定《企业环境保护综合自检单》,帮助企业开展"健康体检",建立一企一档,让执法人员和企业管理人员对企业环境状况了然于心。同时,将企业自检情况录入智慧环保平台,网格员主动跟踪企业环境问题整改进度,进行帮扶,促进环境问题得到及时治理。同时深化"放管服"改革,进一步优化行政许可事项服务流程,积极推行"马上办、就近办、一次办",梳理"一件事一次办"。行政审批服务更加高效、规范、便民。全年无被发放红(黄)牌记录,无违纪违规、被通报曝光等现象,环评执行率100%。

第六招,推进全面从严治党。该局党组的理念是党建强则事业强,党建兴则事业兴。制定了《始兴县生态环境分局党组理论学习中心组专题学习计划》,将党组中心组学习与支部学习相结合,每年开展中心组理论学习不少于12次,开展形式多样的"主题党日"活动12次,将学习贯彻习近平新时代中国特色社会主义思想作为首要政治任务。面对突如其来的新冠疫情,局党组行动迅速,研究制定实施工作方案,即以抗击疫情为工作重心。

第七招,在信访举报案件查处上,以"高、严、改"三字方针为抓手。该局层层压实环境保护职责,优化办理流程,建立高效快捷的办理机制,设立案件现场督查指导组,深入各乡,充分发挥党组织战斗堡垒作用和党员先锋模范作用,成立党员干部先锋队,派出 3 个分队分别由班子成员带队，开展医疗机构医疗废物、污水处理执法检查，支援街道、社区疫情管控，督查和指导涉环企业复工复产等，把党员的先锋模范作用真正体现在广大群众的面前。县环保局的"宗旨"就是执法。根据全县的实际情况，始兴县环保局每年除集中开展专项执法整治外，还加强了日常的监管。近年来，全局共出动环保执法人员 4756 人次，车辆 1213 辆次，检查排污企业 445 户次，报请上级主管部门取缔关 136 家企业，申请法院强制执行 15 起案件，因阻碍环境执法被司法拘留 7 人，保护了守法企业，震慑了环境违法行为，对全县经济健康的稳定发展起到了积极作用。

县环保局还设立了环境信访案件调查法规审核组，坚持每天对上报办结信访投诉件进行严格审查和把关。按照"不查不放过、不查清不放过、不处理不放过、不整改不放过、不建立长效机制不放过"五个"不放过"原则，认真开展环境信访案件查处工作，确保事事有结果、件件有回音。开通了 12369 环境微信投诉和环境公众号投诉，切实保障行政权力在阳光下运行，提高了群众环境保护的参与度。近年来接到 12369 环境微信投诉和环境公众号投诉案件 400 余起，按照环境投诉案件办理要求已全部办结，办结率 100%，群众满意率 100%。

第八招，倡导绿色全民参与，以为民情怀解决群众关切。为提高全民环保意识，县环保局深入企业日常监管的同时，积极向企业负责人宣传环境环保的法律法规、环保相关政策及省市文件精神，积极推行"清洁生产"。结合"6·5"世界环境日、"4·22"地球日宣传周活动,采取多种形式进行宣传,共制作宣传广告牌20块,横幅30余条,散发宣传资料2万余份。同时,在主要街道设置宣传咨询台,解答群众提出的关于环保方面的问题。通过新闻媒体、微信平台扩大宣传,加大媒体曝光力度。此外,还组织开展了"环保进校园活动",为县城中小学校深入开展环境教育搭建了平台。绿色理念如春风吹拂着广大中小学校师生的心间,使保护环境、节约资源成为师生的自觉行动。坚持为民情怀,听民意、解民忧、答民感,该局主动邀请周边村民代表与企业交流,带领村民代表参观企业,深入生产现场,了解企业废气治理设施运行状况,架起企业与群众的沟通桥梁,促进了民众与企业的理解互信,提升了民众对废气异味整治的认可。

在一个阳光明媚的上午,我们走访了时任始兴县环保局副局长的"90后"刘景明,当我们谈到今后的生态环境执法工作打算时,他坚定地表示,全县生态环境系统要始终保持只争朝夕、奋发有为的奋斗姿态,越是艰险越向前的斗争精神,勇于吃苦、敢于担当、乐于奉献,调整好工作心态,查找工作短板,通过实战练兵解决存在的法律实践结合不紧密、执法监管宽松软、科技手段应用不熟练等痛点难点,清醒认识当前生态环境保护严峻形势,面对污染敢于较真碰硬,以铁的纪律、铁的作风、铁的执法,锻造锤炼生态环保铁军队伍,为建设始兴生态经济强县作出更大贡献。

始兴县环保局把生态建设与改善民生结合起来,抓好生态城市创建的同时,营造宜居环境,提升了群众幸福感。深入打好污染防治攻坚战，是新时代生态环保铁军的光荣使命，是对始兴县环保局广大党员干部的政治考验。当前，始兴县环保局充分发扬铁军精神，以勇担当、挑重担、站前排的实际行动回应着人民群众的所急、所想、所盼，以钉钉子精神深入打好污染防治攻坚战，不断满足人民群众日益增长的优美生态环境需要。2020年11月30日，始兴县被授予国家生态文明建设示范县，实至名归。

"城在绿中、水在城中、人在画中，身临始兴最美小城，怡然自得。"今年国庆长假，来自广州的一位游客对始兴的生态环境赞叹不已。在这里住了一辈子的张大爷有更深的体会："在县城区到处都是公园绿地，走到哪里都是绿绿的，空气很清新，我每天早上都会出来散散步，感到心情很舒畅。"

天蓝、地绿、水清、景美……始兴这座千年古城，正因优美的环境绽放魅力，因生态宜居而充满朝气。生态蓝图已绘就，冲锋号角已吹响。始兴县环保局将在县委、县政府的正确领导下，以习近平生态文明思想为指导，带领全县人民在"建设美丽始兴，推动绿色发展"中加倍努力，以丰硕成果向中华人民共和国成立70周年献礼！

青春无悔

　　始兴县城车水马龙间，身穿橘黄色工装的环卫工人在不停忙碌着。清晨，她们用沙沙的扫帚声为人们迎来黎明；夜晚，她们用沙沙的扫帚声将人们送入梦乡。刘华娇，是这支队伍中的杰出代表。30年来，她始终没有离开平凡的清扫岗位，在执着坚定中创造着不平凡的业绩，用一把扫帚书写着无怨无悔的"马路情缘"。

　　环卫工人，是一群特殊的人，平时很难受到人们的关注。当我走近他们，了解他们的工作、生活，会深深被环卫工人身上的质朴和平凡所感动。他们用勤劳的双手真实践行了"宁愿一人脏，换来万家洁"的格言。我们该如何正确看待这群"特殊使者"？看了这篇文章，也许你会觉得他们是那么平凡，却又那么崇高、那么伟大，他们无愧于城镇美容师的称号！现在让我们走近环卫工人杰出代表刘华娇，看看她在不起眼的战线上，演绎着怎样的无悔人生。

无怨无悔的选择

1987年11月,风华正茂的刘华娇加入了环卫这一特殊的行业,从此,她便与街道清扫、垃圾收运结下了不解之缘。刚在街上干清扫保洁时,亲朋好友不赞同地劝说:"干什么不好,偏去扫大街。"但她很高兴,对自己能当上环卫工人很欣慰。刘华娇觉得,环卫工作虽然苦,但一身汗水换来一片清洁,她感到这是世上最有意义的事情,这也是支撑她干好环卫工作的不竭精神动力。始兴县"创卫"期间,她和其他环卫工人一样,向一个个脏乱差的死角发起了攻坚战。夏天垃圾中转站积存了大量垃圾,远远就有一股恶臭味,刘华娇有时帮助清理,身上也会有一股臭味。回家后,她反复冲洗长筒靴,可上面的臭味总也洗不掉。有一次,她的亲戚去她家串门,闻到她身上的臭味,捂着鼻子赶紧离开,这门亲戚从此一去不复返。面对亲人和社会上一些人的偏见,刘华娇只是用踏实的工作,证明环卫工人工作的价值和意义。按照刘华娇的话来说,环卫清扫工作已成为生活中重要的一部分,既然选择了这一份工作,就应干一行爱一行,尽力把工作干好。30年来,刘华娇深切地感受到,通过创文,环卫工受到的委屈越来越少了,这是因为社会在进步,人们对环卫工的看法发生了转变。创文期间,当着记者的面,刘华娇语重心长地说:"才干环卫工的时候,不理解的人很多,尤其是身边的亲朋好友,好多人都瞧不起这份工作,不过现在好很多了。不管世俗对环卫工作有怎样的偏见,我凭良心和能力干好这份工作,能给大家营造一个干净舒适的环境,我就心安了!"

爱岗敬业演绎别样人生

近年来,随着创建文明城市工作的不断深入,环卫工作量不断加大,环卫工人付出的辛劳也更多。按照刘华娇的话来说就是:"工作要凭良心,要尽心,为人民服务光荣!"

刘华娇为了保质保量地完成工作任务,每天凌晨4点钟起床,一天作业下来,经常累得满头大汗、腰酸脚痛。感冒带病坚持工作更是家常便饭,她吃苦耐劳、踏实肯干,对工作认真负责,受到了单位领导的重视、职工的信任,当上了清扫班长。就这样,日复一日、年复一年工作在清扫作业、管理一线,早晨第一个到岗,傍晚最后一个离岗,为了使所管理路段保持整洁、干净,她坚持全天巡回检查,一天来回三四趟。单位哪条路段最需要她,她就出现在哪里。她对工作任劳任怨,从不计较报酬。刘华娇主要负责清扫保洁的路段是北门路,即实验小学到德宝厂门口,途经城东市场。这里人流密集,车辆繁多,随时有被车碰撞的危险,而且铺面林立,流动摊位多,垃圾量大,是大家都不愿意去干的路段。但刘华娇毫无怨言,尽心尽力地工作着。她主动倾听居民对街道保洁的意见和建议,自己做到从源头收集垃圾,进一步提高了街道的卫生质量。她针对街道产生垃圾的情况,对下班时段和晚上门店收市时段加强保洁,在一定程度上提高了保洁水平。她所保洁路段的群众,对她的保洁质量评价一直很高。在30年来的工作中，她从没叫过一声苦，喊过一声累。每当有人问她，有没有反感这项工作时，她总是朴实地一笑，答案永远是那句："宁愿一人脏，换来万人洁，为了大家舒适的工作和生活环境，多辛苦都是值得的。"家里不管有多重要的事情，她从不缺勤，也从不请人代班。她总说："工作中不能没有责任心，若请别人代班，自己心里总会不踏实。"每逢节假日垃圾产生的高峰期，刘华娇都将自己的工作时间安排得紧紧的，加班加点是常事，毫无怨言。

今年10月的一天晚上，刘华娇来到她的清洁区附近巡查，发现垃圾后就立即拿起随身带的扫帚清理，并一家一户上门请附近几家店主将门店内的垃圾扫出来，由她集中清理。一店主在她完成清理后，才将店内垃圾扫出门外，刘华娇就说："我刚刚通知你把垃圾清扫出来，为什么刚才不扫垃圾出来呢？"店主开口就骂，蛮不讲理叫喊："我就是扫一百遍，你也还要跟着扫一百遍，你这个臭扫马路的，还有什么资格与我讲条件！"刘华娇没有与这个人理论，只是默默地把垃圾清扫干净，希望店主能对环卫工人多一点理解和支持。在30年的环卫工作中，她几乎从未享受过节假日。许多环卫工人嫌工作又脏又累，工资又低，早就"跳槽"了。有人不理解地对她说："你一个扫街工，何必这么卖力？"还有的对她说："就凭你的工作干劲，到哪儿不比在环卫所挣得多？"对此她总是笑笑，淡淡地说："在环卫工作这么久，早已和环卫结下了不解之缘，我已爱上了这份工作，再也离不开这个行业了！"一把扫帚，一柄畚箕，一辆板车，陪伴刘华娇走过了30个春秋。她始终坚持在清扫一线，不怕脏、不怕苦、不怕累，热爱和珍惜自己的本职工作。几十年如一日，她始终严格要求自己，处处以大局为重，以工作为重，舍小家，顾大家，以自己默默的行为忠实地履行着一个普通环卫工人崇高而又无私的职责。30年的工作业绩得到了组织的认可、同事的敬佩，1993年起她每年被单位评为"先进个人"，2015年被评为"始兴好人"。刘华娇的人生没有传奇的故事，更没有英雄壮举，但她那勤劳坚强，那甘于奉献的精神品质，身体力行地体现了自己的人生价值，她谱写了自己的别样人生。

真情言传带新人

作为多年的清扫班长，为了树立环卫工作良好形象，刘华娇以身作则、言传身教，用真情和关爱引导了一批又一批环卫新人。她在干好清扫本职之余，积极参加单位组织的各项政治、文娱活动。曾有两位新进工人的作业区常常要重扫，刘华娇了解到是因为年轻姑娘嫌推车拿扫帚难看，低人一等，尤其怕见熟人，于是她多次找两位姑娘谈心，用自己的亲身经历帮助她们解开思想上的疙瘩。从那以后，两位姑娘工作积极肯干，重活脏活主动请缨。她一丝不苟、细致入微的工作方法，教育引导了一批又一批环卫工，用真诚把班组的成员紧紧联系在一起，让每个职工自觉维护班组荣誉，增强了单位凝聚力，共同努力搞好县城环境卫生，为始兴创文工作立下了汗马功劳。

一身扑在工作上，遭遇婚姻家庭"难题"

二十世纪八九十年代，流传一句话"扫路工，男的找不着媳妇，女的不好找丈夫"，这的确给环卫工人的思想造成极大的波动。不过，刘华娇并没有为此动摇过，相反，她是越干信心越足，越干劲头越大。刘华娇一心扑在工作上，个人婚姻问题直到40岁才解决。

以前也有人给她介绍过对象，但对方听说她是"扫街的"，有的直接就表示"不考虑"，有的则委婉表明"我看得出你是好人，但你是扫街的，就算父母同意，结婚生了小孩，人家会说，小孩的妈妈是'扫街的'"。直到2007年，40岁的刘华娇才遇到一个志同道合，而且支持理解她工作的大龄青年，结了婚。现在刘华娇已50岁，而小孩才9岁。

近年来，随着创建文明城市工作的不断深入，环卫工作量不断加大，在这个与"寂寞"为伴的行业里，环卫工人付出的辛劳超出常人，经常带盒饭风餐露宿。已步入五旬的刘华娇每天早出晚归，根本照顾不到家里，全靠志同道合的丈夫打理家务及照顾年幼的女儿。作为女人，刘华娇没有时髦的衣服；作为母亲、妻子和女儿，由于工作关系，她觉得愧对家人的实在是太多。2017年8月，她因腮腺瘤住进了医院治疗。恰逢始兴创建全省文明城市检查，刘华娇手术后还没拆线便投入保洁一线。

如果说一个城市的生活，就像一首宏伟的交响曲，那么，环卫工人就是那乐谱上的音符。尽管音符是那样的微小、那样的普通，可他们却在自己特定的位置上发出了悦耳的声响。如果说，我们的祖国就像一个群星灿烂的世界，那么，环卫工人就是那闪烁的星星。尽管人们不知道他们的名字，可是他们却在自己的生活轨道上发出一束束光和热，去无私地照耀别人。刘华娇把美好年华无私地奉献给了环卫事业，她和其他环卫工人一样，在创卫过程中，虽然食宿简陋，生活清苦，午饭蹲墙根、坐路牙，也不知多少个除夕之夜在马路上过年，但刘华娇始终毫无怨言，坚守岗位"不动摇"。她用无悔的青春和五尺扫把在大街上谱写了一曲爱岗敬业、无私奉献者之歌。

妇产科医生林庆银的无悔人生

情系山区无怨无悔

1981年7月,林庆银从妇幼医师毕业,被分配到偏僻的马市镇陆源卫生院工作。当时,始兴县是经济欠发达地区,医务人员的工资待遇远远比不上经济发达地区,有部分医护人员想尽办法调到经济发达地区工作。1990年时,有个亲戚帮林庆银联系好了调到珠三角某医院工作,该医院的经济待遇比她当时工资高好几倍,这对她来说真是很大的诱惑。但林庆银想到,自己生在始兴,长在山区,是山区人民把她培养成为一名共产党员和医生,现在自己有一技之长,应积极为家乡人民服务,把自己掌握的知识服务于更需要关爱的山区群众。因此,她婉言谢绝了亲戚的好意,决定安心留在城郊医院妇产科工作。35年中,林庆银一直以病患为中心,以高度的事业心和责任感,以无私奉献的高尚医德和精湛的医术水平赢得了人民群众的爱戴。

产妇"贴心人"

一个医生取得患者的信任从来不是靠广告、靠包装，而是靠高水平的医疗技术、高质量的服务和高尚的医德。林庆银常说："医者，先做人，后行医。"

作为一名妇产科医生，林庆银面对的多是孕产妇，负责的常是迎接新生命的神圣工作。她以人性化的服务感动了不少患者和家庭，是名副其实的产妇"贴心人"。比如，医院要求每位孕妇均能自测胎动，有些孕妇一教就会，而有的孕妇则不然，就是找不到感觉，测不准。因此，她的办公桌上备有各种"小卡片"，根据不同孕妇的具体情况，指出不同的注意事项，让孕妇自动"对号入座"。冬天用听诊器给患者听诊时，她都要用手把听诊器捂热，再放到患者身体上。按她的话说："医生的工作虽然平凡，然而要用真诚的爱心去温暖产妇的心，去抚平病患心灵的创伤，用火一样的热情去点燃患者战胜疾病的勇气。产妇来医院生小孩，与小孩是生死之交，与我们医生则是患难之交。在与产妇接触时，要使每一个产妇有宾至如归的感觉，能感受到妇产科是一个充满温暖的大家庭。"

1994年冬天的一个深夜，一位太平镇旱沟水的产妇家属急匆匆来医院敲门喊醒了她。产妇家距医院有五六公里远，本打算在家生产，但农村接生员发现难产、胎心不好，要求马上将产妇送往医院，她们用临时做成的担架抬着产妇走了不到一公里，产妇痛得嗷嗷叫，只好停在附近，让产妇丈夫骑车提前来城郊医院通知。林庆银深知难产的危险，立即带着药箱、产包坐在产妇丈夫的自行车后座上，向产妇所在赶去，与产妇相遇在乡间小道上。她立即用胎吸协助娩出婴儿，见婴儿已严重窒息，她迅速清理婴儿呼吸道，口对口地给一身还沾满羊水的新生儿实施人工呼吸，终于获得了成功，新生儿发出了响亮的哭声，在场人都露出了欣慰的笑容。等把母婴送到医院住院安顿好后，已是凌晨5点。产妇的丈夫为了表达感激之情，顺势塞了一个红包到林庆银的衣兜里，但她立即将红包还给了产妇家属，并耐心、严厉地对家属说："治病救人是我们医务人员的职责，无论是谁，我们都会一视同仁，我们肯定会竭尽全力保护好母婴的生命安全。"

林庆银用实际行动，坚守了医德，树立了廉洁行医、依法行医、服务群众、甘于奉献的良好形象。记者采访她时，她表示，一名合格的医生就要不怕吃苦，不计较得失，勇于奉献，才能及时为群众解决实际问题。

打好"医患亲情"牌，成就医院"龙头科室"

1981年进入妇产科工作以来，她在单位妇产科充当了医生的主要角色，经过多年的实践、历练，已练就了良好的心理素质。1989年调城郊医院任妇产科主任，她全面主持开展城郊医院妇产科工作业务。刚到城郊医院时，妇产科就她一个医生，全太平镇的妇科检查、治疗、产妇接生、母婴保健等一揽子事都是她一肩挑。面对医院医疗设备简陋，人员严重不足的困难局面，她不仅没有退缩，还努力提升自身的医疗技术水平，曾两度赴广州进修，主动学习优秀的医疗知识，经常翻阅专业书籍，向老医生主动请教，在技术上精益求精。

她严格落实《优质服务考核细则》，以身作则提出"一切以病人为中心，一切为了病人"的口号，强化科室人员的危机意识、竞争意识和主人翁意识。全科室在她的带领下，形成了比、学、赶、帮、超的良好氛围，团结协作，拼搏进取，乐于奉献。大家有了仁心，脸上总是挂着微笑，对患者耐心开导，细语轻言，消除了患者对医院的陌生感和恐惧感，赢得了患者的信赖。

以林庆银为首的妇产科人员针对广大农村孕产妇开展工作，采取较低的收费标准，提供热情周到的服务，经过短短几年的发展，就获得了广大群众的信赖，来城郊医院妇产科分娩人数占全县分娩人数的三分之二以上。

从医35年，她始终坚持"对待患者，不分地位高低，不分贫贱富贵"的原则，把生命的安全放在第一位，对待每一位产妇都做到认认真真检查，详细解说病情。当遇到患者或家属不理解时，总是不厌其烦地耐心做好解释工作。在她工作的35年中，创下了"零事故"的纪录，她用真情和兢兢业业，把妇产科打造成城郊医院的"龙头科室"。

爱岗敬业，以院为家

作为妻子和母亲，林庆银或许是不称职的，因为她把自己的母爱与精力奉献给了更多的病患。她以院为家，在严重腰椎间盘突出的情况下，还是坚守岗位。她说："我苦过、累过、挣扎过，但没有改变自己心中的永恒的信仰。"那是对拯救生命的信仰。

1995年大年三十下午5点，妇产科接到一个胎盘前置大出血的产妇。入院时，产妇已经休克，生命垂危，家属几乎绝望。林庆银认为，只要有一线生机，就要竭尽全力抢救。作为妇产科主心骨的林庆银临危不乱，带领全科室同志争分夺秒全力投入抢救。整整10小时，林庆银水米不沾，全身心与死神搏斗，终于换来母子平安。曾经陷于绝望的产妇丈夫握住林庆银的手说："是你们给了我爱人第二次生命，这恩情我们全家今世永不忘记！"为了观察病情，林庆银一直守护在产妇床前，直到产妇稳定脱险，她才拖着疲惫的身子回家，此时已是大年初一。

城郊医院妇产科林庆银的医德高尚、产检可靠、技术过硬、服务质量一流的口碑在社会上口口相传，前来做产检和生小孩的孕妇日益增多，周边乡镇甚至仁化县、南雄的产妇都慕名而来。得到过林庆银精心医治或接生的人，都夸她是个"胜似亲人"的好医生。

勤奋好学，提升年轻医护人员技术

林庆银在坚持做好本职工作的同时，从未停止学习，三十多年来参加培训学习十多次，并利用业余时间认真学习各类医学书籍，记了很多笔记，遇到难题更是从不放过。她坚持向大医院专家虚心请教，在业务上力求精益求精。1992年她参加市卫生局举办的妇产科知识培训班，以优异的成绩取得了结业证书。通过理论联系实践，她的医疗技术水平提高得很快，对一些常见的妇产科业务处理得心应手。一般的妇科疾病不用去大医院，在林庆银那里都能得到解决，林庆银的业务水平和诊疗潜力得到了群众的认可，她成了当地群众信得过的好医生。此外，她还带动年轻医护人员提升技术，特别是对新来的医护人员，从听胎音、手摸宫缩情况、接生，到保护会阴、创口缝针……她均手把手地耐心教导。在这35年的妇产科工作中，她立足平凡岗位，发扬优良作风，勤勉工作，不计回报。她在发展事业、服务社会中实现人生理想，为城郊医院妇产科事业发展作出了突出贡献，获得了单位领导和同事的肯定，在单位年度考核中多次被评为优秀，年年被单位评为先进个人，多次被县直属党委评为优秀共产党员，多篇学术论文被县级、市级报刊采用。

如今林庆银已经退休，当被问到是否后悔曾经选择当一名妇产科医生时，林庆银面带自豪和欣慰的神情，毫不犹豫地说："我们妇产科医生的职业普通得像大海里的一滴水，但我感到这是一份神圣的职业，这种职业蕴含的是生命、爱心、责任，是生命诞生的摇篮。这种职业头顶上没有耀眼的光环，但我们自打选择了这一行，也就是选择了奉献。有时候当我们疲惫不堪走出抢救室时，看到患者、产妇的亲人感激的泪光，所有的疲惫都化为乌有。妇产科医生的爱，被写在一个个生命的故事里，是妇产科医生的自豪和骄傲，所以，我对于当初的选择，一点也不后悔！"

走进医院荣誉室，那一张张奖状，那一面面锦旗，在诉说着以林庆银为代表的城郊医院妇产科医生乐于奉献的精神风貌。他们用无悔的青春和热血，撑起了城郊医院妇产科的脊梁，用爱铸就了妇产科的医德之魂。他们用踏实铺就母婴安康路。他们以实际行动和庄重的誓言，表达了自己对妇产科事业的热爱，用无悔的青春谱写了一曲爱岗敬业、无私奉献者之歌。

白衣天使赞

每个人都有过美丽的青春,但有的人把青春绽放在舞台,有的人把青春盛开在雪山哨所,也有的人把青春奉献给了医务事业。始兴城郊医院妇产科的护士长刘国英,是一个平凡的医务护理工作者,她将最美好的年华,献给了成千上万的孕产妇,她用爱心书写出"白衣天使"的美丽篇章。

刘国英1998年毕业于湛江中医学校护理专业,被分配到始兴县城郊医院工作,2002年担任医院妇产科护士长。参加工作以来,她多次获得院"先进个人""优秀护士长"等荣誉称号,并在各类护理竞赛中获奖。我们对她及单位进行了专门采访。

勤奋学习,恪尽职守

刘国英自从踏上护理工作岗位的第一天起,就怀着对护理工作的无比热爱,倾注全力投入工作中,并始终保持爱岗敬业、任劳任怨的精神,从不计较个人得失,与同事们一起克服工作中遇到的问题和各种困难,并将自己积累的临床经验传授给刚参加工作的护士,共同提高专业技术,不断学习,刻苦钻研新的护理知识。她深深懂得,在医学水平飞速发展的今天,要做一个合格优秀的护士长,仅有一颗爱心是远远不够的,还必须不断学习更新护理知识,学习新技术、新概念。她总是利用自己的业余时间,认真学习妇产科护理的各类相关书籍,并认真做好笔记。近20年来,她参加培训学习十多次。2007年,她参加广东省乡镇卫生院护理学骨干培训班学习3个月,2010年参加广东省全科医学教育社区护理岗位培训班学习5个月,2014年在韶关市妇幼保健院进修,并不断向上级医院学习,多次参加上级医院举办的业务培训。由于不断更新自己的观念和技术,她在工作上取得了一定的成绩。2004年及2011年,她被评为始兴县"优秀护士",2005年及2017年被评为优秀员工,2015年被评为"最美始兴人——最美护士"。

获奖只是助推器

我们在采访刘国英时,提及2015年始兴评选了两个"最美护士",她是其中之一,让她谈谈当时的获奖感受。她说道:"护士这个工作岗位,是我自小的憧憬和梦想,因此我努力学习、努力工作,任劳任怨。在人生旅途中,获奖只是一种助推器,而不是我最终的目标。护理工作是辛苦的，但我是快乐的，当面对患者依赖的眼神时，我觉得我的工作是那么重要，患者及家属的感激与称赞，都能让我非常满足。在各位领导、同仁们的支持下，我获得了2015年'最美护士'这个光荣的称号，我知道我的工作得到了大家的肯定。获奖时，我的心情既高兴又沉重，'最美护士'的称号对我来说，是荣誉，更是鞭策，将对我的护理事业提出更高要求，将激励自己努力提升业务技能和管理水平，以自己的热情爱心更好地为患者服务，为医院作贡献。治病救人是我们医护人员的职责，病人的健康是我们的快乐。这种激励将使我继续努力奋斗，超越自我，提高自身素质，为群众提供更加安全、有效、便捷的医疗服务，为我院护理工作添砖加瓦，为医院多作贡献。"

喊破嗓子不如做出样子

在刘国英的眼里，同事就好比她的兄弟姐妹，同事生病住院、结婚生孩子她更是毫无怨言地顶起夜班。她也没有因为投入临床护理工作而疏于护理管理，而是常常利用休息时间进行护理质量考核，开设孕妇学堂，组织护理业务学习与护理查房，履行护士长职责。因她以实际行动感染着身边的同事，渐渐地，她发现，上班聊天抱怨的少了，大家往病房跑得更勤了，健康教育一条条讲解得更细致了，夜班巡视病房的次数增加了，护理病历质量提高了，各项操作更规范了，同事相互协作补位意识更强了。渐渐地，妇产科在医院各项评比考核中都名列前茅,多次获得"先进科室""优秀团队"奖,一支高凝聚力的护理队伍诞生了。我们在采访刘国英时,问及她是如何带出一流的护理队伍,她对我们说道:"喊破嗓子不如做出样子。护士长的形象,直接影响到护理工作的效率、质量及科室的凝聚力。因此,在平时工作中,时刻牢记自己肩负的重任,努力在业务技术能力、人际关系等方面,成为护士们的楷模。在工作中,做到言行一致,要求护士不能做的,自己坚决不做,要求护士做到的,自己先做好。"

我们还从医院相关领导处了解到,护士这份工作的确辛苦,不分昼夜,没有节假日。妇产科又是一个非常特殊的科室,风险性极大,时有大出血或其他意想不到的情况发生,只要科室需要,医生、护士都会立马赶到。作为护士长,刘国英责任更加重大,压力也不小,当工作中受委屈时,只能自己做好心理调适。

爱岗敬业,开拓创新

刘国英在妇产科护士岗位上一干就是近20年。她爱岗敬业,孜孜以求,勇于开拓,先后开展了产后乳房按摩、中药洗头、新生儿游泳等业务,大大提高了产妇的满意度。她还拟定业务培训计划,并参与授课,认真带教新进护士,培养年轻护士。在健康教育方面,在临床护理工作中,她对每位住院孕产妇做好产前宣教及产时、产后宣教,做好分娩人文关怀,教会孕妇通过改变体位和呼吸法减轻宫缩痛，教会准爸爸鼓励和按摩准妈妈下腹部以减轻宫缩痛。她向产妇进行母乳喂养宣教，教会产妇母乳喂养和挤奶技巧，教会产妇照顾婴儿。她多次开展孕妇母乳喂养知识讲座。每年她还参加公共卫生下乡体检及健康知识宣教活动，并建立健康档案。

在工作中她不断总结经验和改进护理技术和管理方法，刻苦钻研专业知识，积极更新和传授护理技术。她经常参与同行技术交流，及时了解妇产科护理新进展，掌握新技术，有效提高了产妇的产后康复速度，大大地提高了产妇的满意度。

勤学苦练，提高自身及护理人员技术

她深知自己肩负的责任，她反复问自己："患者需要什么，我又能做些什么？"充分了解患者需求，认识自身不足，鼓励患者与家属提出意见与建议，不断改进护理服务，提高护理质量，逐渐变被动服务为主动服务。

为提高科室护理质量，她不断加强业务学习。工作之余她始终不忘更新知识，积极参加继续教育，通过考试进修，先取得大专学历，现在正在进修本科。按她的话说：学无止境。此外，她对每位护士的工作能力、性格特点都了如指掌。针对护理人员良莠不齐的情况，她定期组织业务学习，主动帮助工作中遇到困难的护士。平时工作中，她善于发现问题，并将发现的问题写在笔记本上，还提醒每一位护士引以为戒。

营造和谐护患关系，让产妇有归属感

我们采访刘国英时，问她在平常的工作中如何与患者相处，她毫不犹豫地回答："我们的理念是让产妇及其家属有归属感，就是让她们来到我们医院就有一种宾至如归的感觉。"据我们进一步调查了解，以刘国英为首的妇产科护士，工作中注重保持礼仪与语言素养，见到产妇就自然而然地露出微笑。我们当场采访了一个产妇，让她谈谈对护士长刘国英的看法和评价。这个产妇对我们说道："我刚住进城郊医院妇产科时，心怀忐忑，我是一个地地道道的乡下人，不知进来会不会遭到冷遇，但出乎我的意料，护士长对我温柔体贴，嘘寒问暖，当时我的产前肚痛就减轻了几分。她及她们科室的其他护士对人都特别无微不至，就像我的亲人一样对待我。"我们从旁了解到，刘国英还制定了"让微笑传递关爱，让奉献守护健康"的护理理念。2018年2月，离春节还有几天，有一个产妇因婆媳关系不好，丈夫在北京打工当天又回不来，生了小孩没人送饭。刘国英知道后，拖着忙了一天的疲惫身子，冒着严寒到外面买了可口又有营养的热气腾腾的饭菜给产妇吃，产妇感动得热泪盈眶。刘国英还帮助这个产妇照料小孩，把产妇当成自己的亲人去对待。

刘国英说："对于患者，我事必躬亲，把她们当作我的亲人，尽我所能地照顾她们。而对家人，我深感愧疚，甚至连说一声'对不起'的勇气都没有。我曾有过后悔、有过退却，但我没有放弃，因为我要坚守自己的誓言。"她以实际行动表达了自己对妇产科事业的热爱，用无悔的青春谱写了一曲爱岗敬业之歌。

还有很多像刘国英这样的护理工作者坚守在岗位。他们很少得到鲜花、喝彩和掌声，甚至不能经常按时下班，失去了享受个人生活的机会。他们总是毅然舍小家顾大家，义无反顾地选择付出，而且心甘情愿，无怨无悔。那一声声婴儿的啼哭，那一张张挂满笑容的脸，是对他们乐于奉献的崇高精神的奖赏。他们用青春和热血，撑起了医护事业的脊梁。以刘国英为代表的护士，真正无愧于"白衣天使"的光荣称号。

穿山跨河,擎动粤北的"铁军"

三天的奔波采访,让我的心每天都处在激动、自豪和钦佩的相互交织中,中铁十四局第七标段(TJ7)筑路人那种无私奉献与艰苦奋斗的精神,每天都感染着我。这支"铁军"在始兴连绵的群山间、滔滔的江河上逢山凿路、遇水架桥,他们风餐露宿,栉风沐雨。这条穿越始兴的仁新高速公路,凝结着第七标段干部职工的智慧和汗水。他们舍小家顾大家,把青春年华和满腔热血倾注在工地,为始兴公路建设史谱写了又一辉煌篇章。本文为具有工匠精神、敢打硬仗的工程建设"铁军"唱一曲筑路赞歌。

——记者题记

2015年10月开工建设的仁新高速公路笔架山隧道,于2018年4月28日贯通,全长3.8公里。它是仁新高速的控制性工程,隧道的贯通为仁新高速公路2018年年底全线通车打下了坚实的基础。仁新高速公路是始兴儿女期盼多年的一条致富之路，承载着沿途村民太多的梦想。对始兴来说，仁新高速建成通车具有划时代的意义。

敢啃工程建设中的"硬骨头"

始兴县四面环山，有大小河流220条，境内更有沟壑纵横的喀斯特地貌，公路建设需要逢山开道、遇水搭桥，困难重重。笔架山隧道是仁新高速建设中的咽喉工程，其施工难度位列该项目隧道部分之首。笔架山山顶浑圆，山坡平滑，部分山脊狭长，河曲发育，局部见陡岸或略呈"V"字形谷。隧址区岩石位于岩性接触带上，隧道前后共穿越5条断层破碎带，且地下水丰富，施工安全风险大。全长781米，高53米的深渡水大桥也是一道建设难题。第七标段项目部如何应对和破局？对此，我们到实地作了详细了解。

破局的法宝之一：建立应急领导小组，加强实地调研。

应急小组成立后，制订应急预案，加强现场施工指挥。随时召开现场会议，技术人员现场跟班。认真分析，果断决策，不等不靠，及时调整施工方案和方法。

破局的法宝之二：以现代科技作支撑，集中技术优势兵力攻关。

第七标段项目部以现代科技作支撑，设立了"帷幕注浆""岩溶处理""光面爆破"等科技攻关小组，采用多项地球物理无损探测技术，并根据探测的情况，制订详细施工方案和安全专项方案。

隧道施工前做好截流排水,避免对洞口形成冲刷。爆破时采取小药量、多爆次、短进尺、导坑超前的方法,并注意破碎危坍掌子面的临时防护及时分部支护,及时落底支护及封闭,及时施作仰拱和回填。施工过程还做到"三突出":在工程质量管理上突出一个"狠"字,在技术处理及信息反馈上突出一个"快"字,在工程内外质量管理上突出一个"精"字。

破局的法宝之三:创新及推广"四新技术"。

施工中大力推广应用湿喷技术、水压爆破技术、钢筋焊接网应用技术、隧道模板台车技术、遇水膨胀止水胶施工技术、隧道锚杆钻孔机等四新技术,不但为项目带来了巨大的经济效益,还大大缩短了施工工期。

破局的法宝之四:集团公司高度关注,项目部党组及技术人员、干部带头驻一线。

总公司派技术骨干常驻第七标段,同时,为第七标段开了"绿色通道",领导随时下到工地,积极协调组织施工作业,制订一系列的施工方案。项目书记史佩良说:"不管是集团公司领导还是分管项目干部,都真正把工地当成自己的'家',扎根工地,尽心尽力,尽职尽责。有时候到了下班吃饭时间,走到哪个工地就留下和施工工人一起吃饭,融入整个工地生活。"

破局的法宝之五:党建引领,树立"打硬仗"的决心。

第七标段项目管理团队是一支由年轻的"80后"构成的项目管理团队。进场以来,在公司副总经理兼项目经理刘朝阳、项目书记史佩良、总工程师刘吉昌、常务副经理庞石、路面工程经理李江华的带领下，第七标段项目部员工1000多人树立了打赢硬仗的信心，不怕流汗吃苦，决心战胜艰难险阻。2016年、2017年，第七标段项目管理团队连续被评为"四好领导班子"。

当我们见到第七标段项目书记史佩良，问及在建设隧道和大桥时如何战胜困难，他语重心长地说："当时我们已下定决心，再难也要把这块硬骨头啃下来！大家主动提出加班加点，全体干部职工斗志昂扬，主动请缨不回家过春节。因此，2017年、2018年两个春节，大部分人员没有回家。各项目标任务均按既定的时间节点迅速推进，实现了'好中有快、快中有稳、稳中有优'的建设格局。"

我们了解到，深渡水大桥有48根方柱墩，桥墩高45～53米，另外有4根空心墩，墩高均在54米左右，高墩施工安全隐患多。此外，深渡水大桥有16根桩基、2个承台位于水中，施工安全隐患大。

当我们问史佩良书记如何解决困难时，他回答："我们对现场施工管理人员、技术人员和作业人员进行安全技术交底，现场作业人员配备足够的安全防护用品，确保安全无死角。在旱季内完成全部水中桩基、承台和系梁建设，承台、系梁的基坑开挖和施工避开大雨天气，且连续、快速完成。"

我们一行来到深渡水大桥工地，那高耸入云的大桥展现在我们的眼前，令我们感叹不已，心中的钦佩之情无以言表。第七标段干部职工斗酷暑、战严寒、舍小家，为国家，团结拼搏，与时间赛跑，用意志比拼，终于高质量建成了深渡水大桥。

咬住"质量",打造"亮点"工程

质量是工程建设的生命和核心,开展"品质工程"建设离不开安全管理工作的保驾护航。中铁十四局仁新高速公路第七标段项目部高度重视安全生产工作,以"生命至上、安全第一"的理念,实行标准化施工管理,严抓工程质量,以实现打造一流精品的目标。

第一招,创建零事故"平安工地"。第七标段项目技术难度大、施工条件复杂、安全风险面广、风险等级高,建设者们充分认识到安全生产工作的严峻性和重要性。结合施工现场的实际情况,项目部对安全设施等方面的标准化提出了具体要求,常态化开展"树标杆,学标杆"活动,将安全生产标准化进一步落到实处,提高本质安全化水平。2016年,项目部开展了桥梁墩柱、盖梁施工"安全生产标杆"创建活动。8月29日,管理处在第七标段深渡水大桥召开桥梁高墩、盖梁标准化施工现场会,仁新全线施工单位、监理单位到会观摩指导。随后,桥梁高墩施工高空作业平台、安全爬梯组合在全线推广。2017年,项目部开展了"桥面系施工"安全生产标杆、"施工安全风险分级管控"安全生产标杆创建活动。7月18日,仁新高速公路桥面系施工安全标准化现场会在第七标段深渡水大桥右幅召开。8月26日,安全风险分级管控现场交流会在第七标段召开,并受到与会领导和兄弟单位的好评。

第二招,严格把好"三关"。一是把好质量"验收关",发挥工地"实验室"的前哨作用,严把进料关。坚持对每一道工序进行严格验收，只有验收合格后才能进入下一道工序施工。二是把好施工"程序关"，施工中严格按规范抓好每一个环节、每一道工序，在施工自检、监理抽检的基础上，处处严抓关键工程、关键工序的把控。制定《安全风险分级管理实施办法》，针对本项目风险点采取多元化科技手段进行风险盯控，加大安全生产隐患排查治理，选择钢筋等材料采用数字化智能管理。建立安全隐患治理台账，为项目的安全生产打下了牢固基础。三是把好材料"准入关"，加大原材料使用的抽检力度，不合格、未经批准的材料绝不允许进入工地。截至目前，现场抽检混凝土强度合格率、原材料合格率、桩基检测合格率均达到100%，其他各项工程实体检测指标也达到了《公路工程质量检验评定标准》要求。

第三招，防患于未然，定期开展救援演练。第七标段项目部每年开展不少于两次救援演练，提高应对风险和增强事故抢险的救援能力，增强施工人员在紧急状况下的应变潜质、自我防护潜质，提高全员的安全防范逃生、自救、互救意识，使每个员工掌握必需的应急处理知识和应急逃生技能。项目部按照每年制订的安全演练计划定期开展救援演练，2015年12月至2017年，项目部组织了高处坠落应急预案演练，隧道坍塌（逃生）应急预案演练和消防应急预案演练，防洪防汛桌面演练，坪田隧道进口病害处治应急预案二级、一级响应演练。这些演练加深了全员对安全应急处治知识的了解和紧急情况下应急逃生实战技能的应用能力，为项目安全生产打下了坚实的基础。

第四招，以科技创新为抓手，打造精品亮点工程。项目部以技术创新为抓手，按照"五赛五比"和"品质工程"建设理念要求，结合项目工程特点，狠抓落实标准化工程建设，大力推广仁新高速"平安、耐久、绿色"建设理念，成立了以项目总工程师命名的"刘吉昌技术创新工作室"。通过认真分析、广泛调研，积极开展了系列创新课题，力争建设优质耐久、安全舒适、经济环保和社会认可的精品亮点工程。通过技术创新，主要是"三集中"建设、桩基成孔检测技术、双方柱墩快速翻模施工技术、预制梁施工技术、水压爆破技术、隧道湿喷技术，不仅加快了工程进度，而且保证了各项工程"零事故"。

当我们采访项目部副总经理兼项目经理刘朝阳时，他胸有成竹地对我们说："我们围绕创建'两型'科技示范工程，全面推行精细化施工管理，强化各参建单位质量意识，狠抓质量管理关键环节，工程质量实现了整体可控。"

第五招，以"精细"打造"零缺陷"。项目部意识到，原材料的优劣是保证工程质量的第一关口。因此，项目总工全程监控，实验室、工程技术部、质检部、机料部全程控制，对水泥、钢材、砂石料、添加剂等严格过程管理，还严格执行工序检查的"三检"制度，做到整个施工中环环有人管，人人有专责，办事有标准，过程有检查。以廉洁保安全，将廉政关口前移，以购置材料招标的方法堵塞各种漏洞，以警示片教育，使参建人员自觉筑牢"反腐防线"，确保建筑材料安全合规。

我们在工地见到第七标段工程部部长王祥山,他对我们说,为保证人员和机械不"带病作业",规定上班前必须检查电器、材料、开关、起重吊具机等是否灵敏,是否存在安全隐患,还要查人员身体状况。

在场的第七标段项目书记史佩良反映,为提高一线工人的综合素质,还建立了工人业余学校,开展技术、安全的相关培训。对素质良莠不齐的工人,做到先培训后上岗,培训率达到100%。

第六招,"弹和谐曲",让农民工"吃秤砣铁心"。第七标段项目部意识到,要抓工程质量、工程进度,稳住职工的心尤为重要。为此,项目部做了很多扎实有效的工作,而这更成了公司打造标准化示范工程的"加速器"。在日常生活中,项目部大力弘扬"相聚仁新、人心齐"的口号,积极开展为员工办好事的公益行动。公司购置了健身器材和娱乐设施供大家锻炼和娱乐,专门建设了整洁的食堂及餐厅,厕所、卫生设施定期消毒,设立了医务室,每年免费为所有员工做一次全面体检。每当员工生日时,项目部都会组织全体员工一起庆祝,发祝福语短信,发生日贺卡。针对搞完作业的员工发藿香正气水、绿豆汤。成立与工人"零距离"谈心的"职工服务中心",中心每月召开一次职工座谈会,力求在座谈中发现职工存在的家庭问题、工作问题、思想问题、小孩入学问题等,并实打实地加以解决,消除职工的后顾之忧。

史佩良书记说:"今年六月,职工徐金领的孩子参加高考,他妻子打电话过来说,平时太忙一年半载不回家还可理解,孩子高考是关乎孩子一辈子前途的事，不管怎样，也要回去给孩子助阵。但徐金领因工地大检查，一直没回家，直到检查完才回家一趟，那时孩子高考已经结束。这是员工已把项目部当成自己家的具体表现。"

职工住宅区附近的篮球场上，几个工人正在打篮球，拍球声、呐喊声不绝于耳。食堂门口，几位工人端着碗，一边吃饭，一边津津有味地欣赏着精彩赛事。宿舍干净整洁、窗明几净，里面几位工友正在聊天，不时传来阵阵欢笑。我们从项目部荣誉室张贴的荣誉证书中发现，第七标段项目部在仁新管理处2017年开展的篮球比赛中，还获得了冠军。

"硬"质量闪出荣誉"光环"

据介绍，仁新高速公路第七标段建设项目，主要工程包括：隧道13216米/2座，其中笔架山隧道左洞长3800米，右洞长3793米，坪田隧道左洞长2825米，右洞长2798米；大桥1781米/4座；盖板涵2道；路基挖方64.5万方；填方29.3万方。路面部分有：级配碎石19.4万方，水泥稳定碎石83.5万方，沥青混凝土23.1万方；房建部分有45263.26平方米/32处。

工期紧，任务重，在项目部全体干部职工的共同努力下，各项工程已完成95%，不仅实现"零事故"，而且获得的荣誉数不胜数。项目部被管理处评为2015年度"平安工地"考核评价示范单位；2016年，项目部获得了管理处桥梁墩柱盖梁施工安全生产标杆；

2017年,项目部获得了管理处"桥面施工安全管理"安全生产标杆和"施工安全风险分级管控及预警"安全生产标杆,获得了管理处2017年度"平安工地"示范单位荣誉称号,并被中国铁建股份公司评为2017年度"安全质量标准化工地(车间)",在集团总公司表彰推广……

打造"仁新"特色绿色低碳示范公路

绿色公路示范工程是第七标段项目的示范标段,如何打造?这并非用一句口号就能造就的。项目部实施开展全面绿色低碳的组织、管理、制度建设,以及低碳工艺、低碳机械、低碳技术的比选,总结重大节能减排效果的技术、设备、工艺、经验等。

我们在工地了解到,他们注重强化绿色循环低碳管理创新,以"零污染"的路面施工理念,着力提高能源、土地、材料等资源利用效率,大幅减少了对生态环境的影响。他们从设施标准化建设和"四节约、一环保"入手,全面植入"绿色公路"建设理念,将公路建设与细节、节约与发展相结合,全力打造仁新高速公路建设的绿色品牌。比如,编制《弃渣场方案》,对弃渣场进行合理规划,最大限度地减少对周边自然生态环境的影响。路面沥青站设备由用油改为用气,大大地节约了能源,同时也减少了大气污染。对于施工周期较长的场地,按照永久绿化的要求,安排场地新建绿化。

我们从史佩良书记处了解到,为了绿色低碳,办公区、生活区及施工现场，临时照明全部采用LED灯，施工现场和会议室采用LED显示屏。最吸引我们眼球的是，他们为了节能环保，惠及周边的百姓，将从隧道中挖出的石头，废物利用打成碎石，用于铺路面，泥土、石块用来修小路、填荒滩，增加可耕种面积。周边的百姓在绿色环保的高速公路建设中，得到了实惠。

一分耕耘，一分收获。至今日，距离交"答卷"的时间越来越近了，胜利在望。始兴深渡水的茫茫山峦，一座座高速大桥直插云霄，一条条银线横贯天际。"天路"为苍茫的深渡水山峦增添了无限生机，创造了人间奇迹。创造这一奇迹的正是中铁十四局仁新高速第七标段项目部的"铁军"。骄阳似火，炙烤着公路建设者黝黑的肤色，在他们汗水洒下的地方，一条宽敞的高速通道改变着始兴的地理框架，崇山峻岭变通途，它承载着近20万始兴人民的梦想。从开工的那一天起，踏着"交通三年大会战"的鼓点，一座座大桥、一条条隧道、一路路通道已展现在我们的面前。他们以"诚信、合作、创新、卓越"的企业精神，在粤北大地上，浓墨重彩地书写了中铁十四局仁新高速第七标段项目部的新篇章。

"铁军"品质之花，永远绽放于红色始兴，历史也将记录这支"铁军"的熠熠风采，他们无愧于"铁军"的称号！

自信是一种魅力

　　自信，是人生路上不可估量的动力源泉。自信到底是什么？也许答案有许多种。我认为，自信是自己喜欢自己，自己相信自己，自己认可自己。拿破仑·希尔说过："自信，是人类运用和驾驭宇宙无穷人智的唯一管道，是所有'奇迹'的根基，是所有科学法则无法分析的玄妙神迹的发源地。"自信的确在很大程度上促进了一个人的成功，从不少人的创业史上都可见一斑。自信可以从困境中把人解救出来，可以使人在黑暗中看到成功的光芒，可以赋予人奋斗的动力。或许可以这么说："拥有自信，就已经成功了一半。"

　　自信是一种魅力，它吸引别人向你靠拢。

　　自信的人是美丽的，因为他们的气质特别好，而气质的主要来源是内心的自信。自信是一盏明灯，它指引你前进的方向；自信是一轮游艇，它带领你走遍优美的风景。自信的人成熟，自信而成熟的人生活中总是透射着澎湃的热情。自信成熟的男人伟岸挺拔、坚不可摧；自信成熟的女人优雅圣洁、美丽无比。

　　人生中，用不着事事求别人理解，也用不着事事都思考别人怎样说，你不欠别人一个解释，别人也未必理解你什么，只要有颗永恒的自信心，你就拥有在人生路上披荆斩棘的不可估量的力量！

　　当你活成你自己时，你的身体就会散发出一种自信。自信是一种感染力，而且是一种正能量的感染力。自信还会使人变得豁达、慷慨，有亲和力、感召力，可以使人的形象变得热情而坚强。人都有这样的一种感受，那就是很乐于跟自信的人共处或谋事。每个人都想以自信创造成功，以自信创造未来，以自信创造奇迹，让前进的道路畅通无阻，充满阳光。

　　人生一世，草生一春。人生，漫长也好，短暂也罢，都需要我们用心去感悟，用心去品味。没有人在生命里不受严寒酷暑、风霜雨雪的侵袭，只是在相同的情况下，每个人不同的心态决定了不同的结局。

　　生命因自信而精彩。自信是一种独特的力量，让我们有信心前行。让我们怀着自信的心去谱写未来美好的人生吧！谁也不能卜知自己的命运，要想前进，要想成功，自信是必备的。人，只有相信自己，才能实现自己的理想。同时，人生又像一座险峻的山峰，只有自信地向上攀登，才能将无限风光尽收眼底。

做阳光快乐的女人

快乐的女人,像一束阳光,让人感到温暖。因为她的快乐是发自内心的,能带给人亲切之感。她们像东方冉冉升起的红日,饱满、热烈。她们就像天使,哪怕没有翅膀,心灵也在快乐地飞翔。

做一个阳光快乐的女人是我锲而不舍的追求。

快乐是很多人所追求的。其实,它是一种很简单的东西,也是世界上最容易得到的东西。对个人来说快乐是一种心境,对生活来说快乐是一种氛围。恰似一本泛着墨香的书,一杯冒着香气的绿茶,好似一个温暖的家。它是面对纷杂喧嚣的一种清醒,是回归自我的一种精神境界。也许你什么都没有,但拥有快乐,那么你就是这个世界上最富有的人。

快乐女人是生活的调味剂,她们善于调整心态,时刻用一颗快乐的心面对挫折和不快,让生活永远轻松愉快;快乐女人是家庭的润滑剂,使婚姻经风霜而不生锈,高速运转而不磨损,时时保持最佳状态。快乐的女人知道,有一个懂你的人是最大的幸福。心灵深处的懂得,胜过千言万语;精神层面的认同,超越风尘俗世。最喜欢"执子之手,与子偕老"的爱,喜欢那份从容恬淡。喜欢彼此的默契和笃定,享受这一份高山流水般的情谊,携手相伴到老。

快乐的女人懂得,有吸引力的女人并不全靠她们的美丽和漂亮,更靠她们的智慧,包括风度、仪态、言谈、举止以及见识,说她们是一道美丽的风景不为过。她们崇尚简单的生活,懂得对人生、对社会的不苛求会换来内心的宁静与安和。她们有条不紊地对工作兢兢业业,对生活怡情养性,既维持体面又不忘乎所以。她渴望健康和美丽,懂得珍惜生命中每一段即将逝去的时光,愿为这个世界增添一份晴朗和欢笑。她懂得也许自己什么都没有,但快乐不可或缺。

快乐的女人,知道爱自己,用一颗善良、率真、坦荡的心,去品评人生,享受生活的乐趣。快乐的女人,懂得如何敞开心扉,用心去感受这个世界,宽容别人,也善待自己,珍惜所拥有的。因为她懂得容颜也许会老,但真心永远年轻。活出一份自我,活出一份好心情。她们懂得,种下宽容,可收获博爱;种下愉悦,可收获快乐;种下满足,可收获幸福。

快乐的女人会在世事的牵累、日常的忙碌中,偷出空闲修饰自己、滋养自己,用淡然的心境让自己呈现出清晨阳光般的笑容、端庄的气度和深厚的内涵。她们懂得服饰得体,打扮适宜。她们追求一种淡泊、宁静、高雅的意境。

快乐的女人知道,朋友是情感之旅的驿站。有了朋友,就会有惦念，于是又有了被人惦念的幸福。有了朋友，就可以尽情地敞开心扉，轻松地跨越沟沟坎坎。交一个正能量的朋友，让他在你情绪低落时陪伴你、鼓励你、安慰你。

快乐的女人知道自己是为爱而生，但不被爱左右。她们追寻梦想，但知道梦醒归途；她们爱慕时尚，但懂得回归本我；她们追求浪漫，但知道理智面对；她们想要激情，但懂得抵制诱惑。面对爱恨情仇、恩怨得失，她们懂得宽宥和隐忍，把沧桑深埋心底，让一切慢慢地在记忆中沉淀。

做个内心充满阳光、充满快乐的女人，绽放自己阳光般的风采。自信、乐观、坚强、豁达，时时记着自己是一个女人，应该活得洒脱，活得充实，从不把幸福系在别人身上。

快乐阳光的女人对生活从来不好高骛远，也不抱怨命运坎坷，更不牢骚现实的无奈，总能在周围的世界里适时顺应，但不失优雅。其实，女人的内心平静来自修炼，不让外界浮躁自己。

生活给了女人太多的责任，太多的负担，太多的约束，太多的无奈、烦恼与苦闷。内心充满阳光的女人，她们知道，花开花落，那是人生的起伏；顺风逆风，那是岁月的感悟；春去春回，那是别致的风景。生活不是单线铁路，一条路走不通，可以转弯。许多时候我们不是跌倒在自己的缺陷上，而是跌倒在自己的优势上。生命不在于活得长短，而在于顿悟得早与晚。

她们能找到每种痛苦中的闪光点，懂得生活需要在充实的每一天中度过。她们善于在生活中优雅地转身——做不成太阳，就做最亮的星星；成不了大路，就做最美的小径。哪怕只是做家务也会得到一种快乐，也能体会到生活中的一种情趣，活出自我，活出一份好心情。

女人，你是给滚滚红尘增添色彩的，有什么理由不把自己装扮成一道亮丽的风景呢？

我们应选择从容优雅地对待生活。因为，如果不能选择容貌，那你可以展现笑容；如果不能改变天气，那你可以改变心情；如果不能预知明天，那你可以把握今天；如果改变不了过去，那你可以改变现在；如果改变不了事实，那你可以改变态度。所有的烦恼忧虑，所有的不安苦恼，在人生的长河中又算得了什么？在挫折面前，想开了自然微笑，看透了自然会放下。看淡了得失，才能品尝快乐和幸福。做个快乐无比的女人，比什么都重要！

让我们打开心窗，走出疲惫，走出压力，走出烦恼。你认为值得的就去珍惜，你觉得幸福的就去守候，能让你快乐的就去追寻。让音乐伴随你，让微笑伴随你，让阳光伴随你，轻轻松松，做个阳光快乐的女人！

用安静之心细品生活点滴

坎坷风雨、离别聚散、人情冷暖都是人生必经的过程。在世事中修一颗素心,持一份平淡,唯有淡泊方可致远,唯有心静才能感受到每天的美好。正如丰子恺说的:"既然无处可逃,不如喜悦;既然没有净土,不如静心;既然没有如愿,不如释然。"

让心静下来细品生活点滴,就会感觉到人生一切都是最好的安排,就能以最优雅的姿态微笑迎接未来。其实,无论对什么事,都要拿得起放得下。拿得起是生存,放得下是生活;拿得起是能力,放得下是智慧。有的人拿不起,也就无所谓放下;有的人拿得起,却放不下。拿不起,就会一事无成;放不下,就会疲惫不堪。每一次放下,其实就是人生的一次升华。

凡事不必苛求,来了就来了。遇事不要皱眉,结果不要强求。生活很简单,心静了就平和了。不要去拒绝忙碌,因为它是一种充实;不要去抱怨挫折,因为它是一种磨炼;不要去选择沉默,因为它是一种伤害；不要去拒绝微笑，因为它是你最大的魅力。每一个人心里都有那么一段故事，无法诉说，就只能在深夜里对自己倾诉。其实，很多故事不必说给每个人听，就当作是一段记忆。学会安静，学会独立，做个坚强的自己。人生的境界，说到底，是心灵的境界。唯有心灵安静，方能铸就优雅，这种安静，是得失后的平和。

心静是生活中自己平心静气的显现，是自己笑看风云的舒畅，是自己洗心革面的超然。静心享受，享受静心，静心能让压力的灰尘得以沉淀洗涤，让压抑的情绪得到尽情的释放，让匆忙的步调得以舒缓。静心能让满怀烦恼的心在洗涤之后，晶莹剔透。如果你整天被工作和生活搅得头昏脑涨，时时为名利和钱财绞尽脑汁而不能如意，何不试着让心平静下来，细细盘点大自然赐予的阳光和雨露呢？

心有多静，福有多深。心静与否，和环境无关。最深的宁静，来自最宽广、最包容的胸怀。福厚福浅，不在于能笑着迎来多少，而在于能对失去看淡多少。人生之苦，在得失间。心胸宽广之人，拿得起，放得下，无意于得失。心静了，才有闲心品味出已有的幸福。平淡是心静如水，是人生的一道风景。平平静静，是一种境界，一种状态，一种心情。

人总要经事无数、阅人无数之后，心才会强大起来。总要经历风风雨雨之后，才会活成自己最好的模样。人唯有在经事之后才会长智，唯有在经历疾苦磨难后才会变得勇敢坚强。一个人有多自律便有多高贵，高贵的品质决定了思想的深度。一个有思想的人是懂得生活的人，而他的生活质量不会差到哪里去。当你学会享受生活的静美，那么生活中到处洋溢着快乐与温馨。比如，种一棵树，需要细心浇灌，静待其成长；养一盆花，需要耐心培养，等待它绽放。乌龟与兔子赛跑，乌龟虽然爬行很慢，却没有因为害怕失败就放弃，而是很认真地去做件事，一步一步往终点爬去。

人生的高度，不是取决于你取得了多少成就，而在于你脚下踩过多少艰难和困苦。做人当静心，剔除心中不必要的杂念，放下得失荣辱，一切随缘。要知道唯有自身健康才是资本，只有静心才能让身心健康，所有财物都是身外之物，那些是生不带来、死不带去的，何必在意。

在安静里可以慢慢地悟禅，在淡泊里可以闲庭信步，在欢喜里可以看云卷云舒。淡然心静，是明智之人的心态，是乐观之人的情怀，是大度之人的心胸。否则，终将被困于烦恼的牢笼。因为看轻，所以快乐；因为看淡，所以幸福。我们都是天地的过客，很多人事，我们都做不了主。一切随缘，缘深多聚聚，缘浅随它去。人生，看轻看淡多少，痛苦就离开你多少。

生活，一半烟火，一半清欢；人生，一半清醒，一半释然。以清净心看世界，以欢喜安静之心细品生活的点滴。

心态与幸福

每个人都向往幸福。幸福其实很简单，它取决于一个人能否用平和的心态来思考幸福的定义，它不仅是一种豁达的生活态度，更是一种洒脱的生命智慧。

无论你从事什么职业，无论你的地位如何，只要你能够独立、平和、善良、淡然，心都会感受到温暖的氛围。心态具有强大的力量，从里到外影响你、暗示你，做人应时时保持平和的心态，把自己变成幸福的主人。

命运往往无常，遇到不测且把心放宽。烦恼像一只皮箱，如果该放下的时候不放下，你就无法自在。当你感到心情沉重时，不妨换个角度看世界，放松心情去享受大自然，那时或许你会感到世界无限宽广，你就会换种立场对待人和事。或许过了若干年后你会发现，心态的富足，才是真正的富足。

心态决定自己的人生。你怎样对待生活，生活就会怎样对你。

你心理的、感情的、精神的环境，完全由你自己的心态来创造。疲累的时候，换个角度看世界；压抑的时候，换个环境去呼吸；困顿的时候，换个位置去思考；犹豫的时候，换个思路去选择；郁闷的时候，换个环境去找快乐；烦恼的时候，换个角度去排解；抱怨的时候，换个方向去看问题；自卑的时候，换个想法去对待。宽容过去，并要敢于向前，以柔克刚，宽容大度，勇于承认自我，否则将会永远生活在痛苦之中。生活中学会换位思考，你的精神世界就会简单。人心简单，就会幸福。

除了有好的心态，还要善于发现生活中美好的地方，热爱生命，懂得关怀，懂得轻松，懂得遗忘。心若阳光，就能微笑着从容前行。

生活中总会有各种不顺心的事，不要把自己的幸福与心情，依附在别人的看法、评价与脸色之上，更不要为未来忧心忡忡。如果你担心的事不能被你所左右，就把心放平，把事看轻。去你喜欢的地方郊游，放飞心情，去享受大自然的沁人心脾的芳香。

幸福就像一只蝴蝶，你追它时追不着，你静下来时，它会栖息在你的身旁。幸福就是一种心态。幸福的人，始终会以积极的态度回应生活中的酸甜、苦辣和旦夕之祸福。请记住，人生除了生死都是小事。记得西方有一句格言：怀着爱吃青菜，胜过怀着恨吃牛肉。

当你能够忘记过去，看重现在，乐观看待未来时，你就站在了生活的最高处。当你明白成功不会显耀你，失败不能击垮你，平淡不会淹没你，你就站在了生命的最高处，说明你已意识到得到未必开心，失去未必是祸。当你修炼到足以包容生活中所有的不快，专注于自身的责任而不是利益时,你就站在了精神的最高处。幸福感会像花儿般绽放,芳香满园,你将会轻松、快乐地带着微笑潇洒幸福地前行!

把幸福快乐种进心田

幸福和快乐属情感世界,是一种感觉,即一种满足感,是人们感受外部事物时愉悦、安详、平和的心理状态。幸福是一种心态,你要是觉得知足,生活就会幸福无比;你若感到处处不如人,就会感到痛苦不堪。

记得有位作家说过:幸福是一个谜,如果让一千个人来回答,就会有一千种不同的答案。我不是哲理家,虽然不能给幸福下一个很有哲理的定义,但我对幸福和快乐有了一些自己的理解。我认为,幸福就是拥有一颗平常心,是对自己认可和接纳。那种幸福和快乐的感觉,就是在追求某一目标的过程中有所收获,有人和你分享快乐和分担痛苦,并常怀感恩之心,同时,拥有阳光的心态。

此外,应学会享受音乐。现代神经生理学研究表明,音乐能直接影响和调节人体内脏及躯体的功能,乐曲的节奏、旋律、速度,对人的神经系统有镇静及兴奋作用。学会用音乐调节自己的心情,使自己在美的旋律中享受和放松。

阳光心态让你拥有自信，让你懂得坚强，让你享受乐观所带来的愉悦。它还能使你拥有积极的人生态度，正确面对逆境，助你保持良好的心情，让你随时随地拥有一颗豁达、开朗、淡然、感恩的心，并使他人与你在一起时感到轻松快乐。

懂得转弯，善于放弃。如何面对人生中的得与失，这恐怕是千百年来许多人苦苦思索的问题。对于得失不必过于在乎，因为人生本来就在得失之间徘徊往复。懂得放弃是一种胸怀，是一种成熟，是对自我的一种自信和把握。放弃让心灵变得轻松而灵动，这种感觉，也是一种另类的幸福。生命中所有的挫折，都是在提醒你要懂得转弯，学会放弃，将昨天埋在心底，留下最美好的回忆。放弃，不是放弃追求，而是让人以豁达的心态去面对生活。放手并不代表你的失败，放手只是让你再找条更美好的路去走。其实人生很多时候需要自觉地放弃，当一切都成为过眼云烟，心中留下的是一种淡然和安逸，这也是一种幸福。

珍惜你的精神食粮。现实当中看你的人多，懂你的人少，帮你的人少，理解你的人就更少。如果你拥有一个懂你爱你的人，那么可断定你是幸福的。懂你爱你的人会成为你畅所欲言的伴，可以让你精神舒缓，让你的心灵靠岸，让你体会到两心相依的温暖和相濡以沫的温情。家里未必要宾朋满座，一家人能够常常坐在一起吃一顿自己烹制的可口饭菜，一起笑着聊聊天，说说过去的那些事儿，憧憬一下明天，一块儿做个不大不小的梦，然后带着满足睡个舒舒服服的觉就够了。

上天往往是公平的，当它为你关上一扇门的同时，会为你打开另一扇窗。懂得选择，才能幸福；懂得大气，才能快乐；懂得承受压力，才能撑起生命的坚强。放不下、想不开、看不透、忘不了只能给你徒添烦恼。假如你已过四十岁，宁静致远也没什么不好，没必要挤进人群中强颜欢笑，别总为了迁就他人去委屈自己。我们羡慕活得风生水起的人，但并不是所有人都有这种能力。随着年龄的增长，阅历的充实，人应该随着时间调整自己的生命支点。失去是一种痛苦，也是一种幸福。

事在人为是一种积极的人生态度，顺其自然是一种达观的生存之道，更重要的是让心在阳光下舞蹈，让灵魂在痛苦中微笑。人生并不在于获取，而在于放得下。放下一粒种子，极有可能收获一棵大树；放下烦恼，可收获一个惊喜；放下偏见，往往会收获幸福；放下执着，会收获一种自在。

心是一块田，快乐自己种！

感恩是一种修为

感恩是一种处世哲学，是对自己良心的告白，是生活中的大智慧。善良的人总是快乐的，感恩的人总是知足的，知感恩的人一定善良，因为善良的本质就是拥有一颗感恩的心。

每当你看见落叶在空中盘旋，虽然看似很平常，但那是树叶对大地的感恩；白云在天上飘荡，从表面看，似乎只是蓝天描绘出一幅幅美丽的画面，其实那是白云对蓝天的馈赠。落叶、白云都知道感恩，何况人呢？所以我们要感恩大自然，因为她给了我们生长的环境，给了我们丰富多彩的世界！感恩我的父母，因为他们给了我生命和无私的爱，让我茁壮地成长，并撑起我们远航的风帆。感恩我的爱人，因为他给了我一个温暖的家，让我拥有休憩的港湾！感恩我的亲人，因为他们给了我最大的支持和帮助，让我勇敢地面对生活！感恩我的老师，因为他们带我品尝知识的琼浆，叫我放飞青春的梦想！

人生在世，不可能一帆风顺，种种失败、无奈都需要我们勇敢地面对，旷达地处理。当挫折、失败来临时，是一味地埋怨生活，从此变得消沉、萎靡不振，还是对生活满怀感恩，跌倒了再爬起来？英国作家萨克雷说："生活就是一面镜子，你笑，它也笑；你哭，它也哭。"当挫折、失败来临时，我们要真诚地感恩逆境，它是一次人生的淬火，让我们得到锤炼。它是一个课堂，让我们学会了刻苦、忍耐、淡泊和宽容。它又是一块"试金石"，使我们体味真正的友谊，真正的朋友，体味了冷暖人生的真正含义。它其实也是一笔财富，会让我们精神富有，终生享用。如果我们拥有一颗感恩的心，就会于寒冬里感受到暖意，在风雨中体会到幸福。

　　感恩是一种生活态度，是世间最高贵的品德，是一种善于发现生活中的感动并能享受这一感动的思想境界。"一饭千金"成语源于韩信感恩漂母的故事。韩信未得志时，生活很是困苦。他去钓鱼，希望碰着好运气，便可以填饱肚子。有漂母（清洗旧衣布的老婆婆）在河边劳作，看见韩信肚子饿，就给他饭吃。韩信很感激她，便对她说，将来必定要重重地报答。那漂母听了韩信的话，很是不高兴，说："大丈夫不能自食其力，我是可怜你这位公子才给你饭吃，难道是期望你报答吗？"后来韩信替汉高祖刘邦立了不少功劳，被封为楚王。他想起从前曾受过漂母的恩惠，于是设法找到了她，送给她千金来答谢她。

　　如果我们能时时用感恩的心来看这个世界，就会觉得这个世界很可爱，自己很富有，感到很知足。当你心怀感恩时，即使只是听到树上小鸟的清唱,感受到太阳无私的光明与热能,闻到路旁花朵的芬芳,也会感到心旷神怡,幸福满满。

让我们感恩所有的匆匆岁月,感恩所有的美丽时光,感恩自己拥有一颗追逐美丽时光的心。让我们学会感恩,带着欣喜与热爱去进行生命的远航。让我们在感恩中体验生活的快乐,沐浴着爱的阳光成长,享受着美好的时光慢慢变老,潇洒地面对生活的挑战。

感恩的人生,是幸福的人生;感恩的观念,是智慧的财富;懂得感恩的人,终会幸福,有修为的人懂感恩!

人生的高度

人生的高度,人们各有各的看法和标准。但我认为,人生的高度,不是你看清了多少事,而是你看轻了多少事;而心灵的高度,不是你认识了多少人,而是你包容了多少人。

俗话说做人似水知进退,此话不无道理。昨天再好也回不去,明天再难也要继续前往。没有人能烦恼你,除非自己拿别人的言行来烦恼自己。没有放不下的事情,除非你自己不愿意放下。

日子过的是心情,生活要的是质量。要懂得无事心不空,有事心不乱,大事心不畏,小事心不慢。生命是一种回声,把最好的给予别人,就会在别人那里获得最好的。帮助别人越多,就会在别人那里获得越多。人生失意时切记随缘,多点淡然,才会活得真实。静其实是一种休憩,也是一种修行。所有的烦恼都来自喧嚣,所有的伤痛都来自躁动。世上没有走不通的路,只有想不通的人。想得开或想不开,最终还是要看开;放得下或放不下,最终都是得放下,不如快乐欣然地放下。

其实大多数人的一生都会感到孤独，但许多人不敢大胆承认。有时候，孤独也是一种享受，在享受孤独的同时，有本好的枕边书也许是一种超脱。

人生在世，总有风起的清晨、绚烂的黄昏和有流星的夜晚。人生就像一张有去无回的单程票，没有彩排，每一场都是现场直播。把握好每一场演出，这是对人生的珍惜。不执着过去，不畏惧将来，才能海阔天空，走入人生的最高境界。曾经拥有的，不要忘记；已经得到的，要加以珍惜。属于自己的，不要放弃；已经失去的，留着回忆。想要得到的，一定要努力。

世界上没有十全十美的人和事，人生难免起伏波折，生活总会悲喜交替。如果你感到委屈或被人误解，你可以在默默无语中微微一笑，无须解释。如果没有阳光，就听风吹，看雨落；如果没有鲜花，就轻嗅树木的芳香；如果没有掌声，就享受独处的清宁。

三月,在桃花春雨里

在许多人眼里,三月是用阳光写成的诗,明媚而温暖;而在我的眼里,三月因桃花而绚烂、香甜。

三月的桃花是充满天真和幻想的,它和呢喃的燕子对话,它和温暖的阳光拥抱。把芳香和温柔蕴含在招展的花团锦簇中,尽显多情浪漫。

一两场蒙蒙细雨,三五日暖暖东风,在不经意间,漫山遍野便是粉嘟嘟的桃花。有粉白的,如雪如云;粉红的,胜过梅花娇艳。更有甚者,一树树蜡白透亮。望着这些娇小却饱含春色的花蕾,不由得有一种千丝纷来牵不住,万缕杂糅思无序的感觉。徜徉在无边无际的桃花丛中,在铺满桃花的小路上漫步,聆听山谷里回荡的鸟鸣声。

在晴空暖日中看桃花是最美的,在润物无声的春雨中赏桃花又别有一番情趣。雨天的桃花开得很快,前两天,枝条上星星点点的花芽和密密丛丛的花蕾，经春雨一润，竟在一夜之间长大了，个个展瓣吐蕊，绽成了淡雅素净的花朵。一簇簇、一排排，缀满了还没来得及长出叶子的枝条。经年的老树上，桃花绣成了团团锦簇，仿佛有人用墨点染上了轻淡的红晕和素白的粉团。细瞧已开的花朵，被春风轻点后衔露凝玉。待开的，蕴香含苞；现蕊的，斑红点透，分明是融汇了梨花的白和杏花的红。春风滤过的空气吸一口沁人心脾。满园的桃花在雨雾中飞红散香，远远看去，桃园上如罩了一层粉白色的薄纱，飘落了一片清净的云霞。

倘若你伸出手去，接住那如丝的细雨，会感到雨丝的湿润、清凉、晶莹。再看枝枝桃花，在细雨轻风中摇曳，白而不惨，红而不炽，小花瓣儿已被春雨细洗得不着纤尘，仍在敞开胸襟承迎这上天之恩泽。溟蒙小雨之中，园外坡下阡陌相连，秧苗已透出了青葱的绿色。

三月里的暖日融融中，村落小道，农人牵出盘角的水牛，赶出一群还未脱黄的鹅儿去田间放牧。渐渐地，路上的人多起来了。他们三五成群，或漫步于花前树下，或游走于田间小径，纷乱的脚步，纷乱的桃花春雨。太阳骑在西面的山上，晚霞给桃园染上了一层红色的光晕。那橘红色的光柱透过枝隙花缝，斜射在地面上，斜照在我们身上。

三月的风是暖的，吹在树梢上，树梢上便生出一对对鹅黄的翅膀。三月的雨是甜的，落在田野上，田野上小草绿了，花儿红了，空气香了，鸟儿乐了。三月的阳光是明媚的，张开你的双手，捧住一缕缕金色的阳光，莫让这黄金一样的时光，从你的指缝间悄悄溜走。三月的蓝天是充满天真和幻想的，它和呢喃的燕子对话，它和悠悠的云儿嬉戏，它和多姿的风筝比美，它和温暖的阳光拥抱。三月里明媚的光线，让春天在指尖多了诗意，让心情也多了几分闲适。绚烂的阳光，可爱、温柔，似一股清泉漾开在心间。

三月里的桃花，哪里是一个"美"字可以说得清的。古人是怎么说桃花的呢？《诗经·周南·桃夭》里说："桃之夭夭，灼灼其华。之子于归，宜其室家。"诗中不仅用桃花来赞美新娘子的绰约之姿，祝福新人生活幸福美满，还说新娘子会给婆家带来滚滚如潮的财运和福运。我不由自主地想起了古代著名诗人描绘桃花的精美诗文，如陶渊明的"忽逢桃花林，夹岸数百步，中无杂树，芳草鲜美，落英缤纷"，如李贺的"况是青春日将暮，桃花乱落如红雨"。

千百年来，人们以诗来赞美桃花，又以桃花来比喻娇艳。

世人皆爱桃花，她不仅是春的象征，更是爱的譬喻。

畅游东江湖

两个月前,始兴八五级高三(2)班就已经策划好游湖南郴州的东江湖。2016年11月19日上午8点整,大家在始兴高速路口集合出发。

东江湖位于湖南郴州资兴市,距市中心38公里,素有"天上一湖水,万千景象在其中"的美誉。2015年,东江湖被评为国家AAAA级风景区。

深秋的早晨,虽然空气中弥漫着一丝寒意,天空中还飘着丝丝小雨,但大家带着对东江湖的美好憧憬,依然兴致高涨。一行18人4部车,浩浩荡荡向东江湖进发。

到了郴州的资兴,汽车沿着弯曲的山路缓缓前进,山下的小河犹如一条长长的绿绸子飘舞在两旁的青山之间,这幅浓墨重彩的山水画很快便让我对此行信心倍增。进入山中,我的视线被雾挡住了,我们坐在汽车里,雾霭毫不客气地钻进车窗。

我们团队的车很快到了东江湖。东江湖水清澈透明,似美少女的眼睛,纯净、明亮。大家很快被东江湖的俊美所深深吸引,在车上就情不自禁地发出赞叹,忍不住拿出相机、手机拍视频,拍照片,忙得不亦乐乎。

当天上午,大家有幸在始兴籍郴州市武警大队队长张县华的带领下,游览了大型发电厂——东江电厂。该电厂坐落于东江大坝,需要坐电梯下降15层才能到达电厂的发电机组车间。那一套套庞大的机组,令大家大开眼界。据向导介绍,东江大坝是我国自行设计建造的第一座双曲薄壳拱坝,坝高157米,总装机50万千瓦。大坝结构新颖,造型美观,气势雄伟,在世界同类坝型中排名第二,居亚洲第一。每到泄洪之时,湖水腾空飞跃,如雷霆万钧,景致极为壮观。

下午4点,我们团队准备坐船畅游东江湖,可惜错过了坐游轮的时间,只好安排次日再游东江湖。

第二天,大家早早吃完早餐就向东江湖进发。还没到东江湖,大家就被那气势磅礴的猴古山瀑布的景致所吸引。据向导说,瀑布高30多米,宽10余米,终年不息。夏秋季节水流湍急,我们有幸目睹瀑布最壮观的景致。由于地势陡峭,瀑布倾泻而下,撞击石壁后,跌落到水潭里,激溅起的水雾飘湿了我们的衣服和头发,但大家全然不顾,拼命地按着照相机的快门,似乎想把瀑布的优美瞬间都装入相机。那洁白的水帘飘然而下,洋洋洒洒,如绸缎飘舞。

到了东江湖,我们买好了游轮的双程票,大家迫不及待地登上能容纳 200 人的轮船，并围上大红围巾，大家在船舱欢呼、照相。张熙省等几个人在嬉闹中干脆把大红围巾裹在头上。大家还嫌不够过瘾，干脆跑到甲板上嬉闹。张新华唱起了《红色娘子军》的插曲："向前进！向前进！……"他挥舞着臂，把娘子军迎着敌人炮火前进的动作，模仿得惟妙惟肖。我趁机按下快门，把这美好的一刻收入了相机。大家围着大红围巾，是那么的亮眼，是那么的吸人眼球。大家似乎想用围巾把东江湖的美丽、祥和全部兜回家。

"舟行碧波上，人在画中游。"一阵阵薄雾从江边的山上缓缓升起，飘飘摇摇。薄雾一会儿聚合成团，一会儿散开成簇簇缥缈的花朵，一会儿又如天女散花，抚摸过山岭间的每一棵婆娑的松树，轻吻着峭壁上每一株摇动的小草，然后化成一缕缕仙气，飘向似晴非晴的天空。雾锁山，山锁雾，天连水，水连天。

行船大约半个小时，兜率岛到了，游船停泊在码头，我们沿着山路走了一会儿就进了兜率灵岩。洞内钟乳石千姿百态，在彩色灯光的映照下更加瑰丽。兜率灵岩是东江湖旅游区的核心景点之一。据史料记载，它形成于 3.2 亿年前，以高、大、深、广、奇著称于世。洞内有擎天石柱，高 36 米，为世界之最。

游船返程时，天空下着大雨，风也更大了，曾秋荣把自己的伞让给了做向导的张县华。到了岸边，雨小了许多。不知道是不是出于对东江湖的留恋，张新华、饶通灵哼起了电影《桥》的插曲："啊朋友再见！啊朋友再见！啊朋友再见吧！……"我也被感染，情不自禁地加入唱歌的行列。

告别东江湖时,我们依依不舍。到宁静的郴州走一走,到优美的东江湖游一游,尝一尝东江湖的鱼,感觉真的不错!

惊蛰里的温暖花香

春天的脚步总是来得静悄悄。惊蛰前,空气中弥漫浓厚的寒气,伴随着雨水。雨水眷恋,不忍离去,惊蛰却踩踏着大地上复苏的音符款款而来。

惊蛰一般在每年3月4—7日,这时气温回升较快,渐有春雷萌动。钻到泥土里越冬的小动物被春雷震醒,出来活动。它们睁开惺忪双眼,不约而同,向太阳敞开各自门户。这个时候,劳动人民开始挑选优良的种子,待春分过后,洒下辛劳,种下希望。每一粒种子,都是一分收获的期待。农家有谚语:"惊蛰雷鸣,谷米成堆。"如果雷声在惊蛰当天响起,就昭示今年的庄稼会获得丰收。要是过了惊蛰,临近春分都未听到响雷,那就会因缺少雨水而影响今年的收成。所以,农家一定会留意惊蛰这一天的天象,盼望丰收。

春风尚带轻寒,周围的一切,或树或草,大都还在将醒未醒之中。而仿佛一夜之间,一枝枝杨树花在春风吹拂下破茧而出,密密麻麻挂满枝头。在这依然寂寥单调的早春，杨树花开得直接而奔放，倒挂在树上迎风飘荡。毛茸茸的杨树花是新春里一道别样的风景。

关于惊蛰，在我国的南方地区，特别是广东一带，流传着祭白虎的习俗。古时候，人们对老虎是比较胆怯和敬畏的。老虎凶残，因此当地的人们认为它可以辟邪。古书说："画虎于门，鬼不敢入。"同时老虎是食肉动物，常常会残害家禽、家畜和人。广东人认为，蛰伏的动物被春雷惊醒后开始觅食，这时候白虎也会从山中出来觅食。为了保一年平安，就要在惊蛰这天祭白虎。白虎一般用黄纸做成，身上带有黑纹，口有獠牙。做好的白虎放在坛前，拜祭时，把涂有猪血的肥猪肉抹在老虎的嘴巴上，寓意"吃足油水，就不会张口伤人"。这一习俗现在还很盛，许多庙宇都安置了祭白虎的坛位，每到惊蛰这一天，中老年人就会手拿祭品，排队祭白虎。有些人还拿鸭蛋喂虎，同时口里叨念"好人近身，小人远离"的口诀。

春天的山峦，在寂静与沉睡中苏醒。灰色的衣裳缓缓褪下，披上绿色风衣。花儿也争先恐后融入春天的盛会中。这个时候，走在山间，有鸟儿在林间穿梭。我们的笑声，也随着鸟儿在林间穿梭回荡。此时的河水显得越发清澈，微风拂过，清波荡漾。

惊蛰来了，花蕾饱满的桃树，沐浴在九九艳阳中，静待春风的号角，吹得满山桃花争奇斗艳。三月里的桃花在春风里开得坦荡且动情，它不用矫饰，就美得惊天动地。桃之夭夭，灼灼其华。花满枝头的桃花树上，黄鹂鸟在清脆吟唱，尽情展示它嘹亮的歌喉。

在惊蛰这个独特的节日里，我想尽情地把一切和惊蛰有关的思绪都揉进这细碎的文字里,与春风共舞,和桃树争艳,和黄鹂齐唱。抽出惊蛰中最动情的一枝新绿,刺一幅春天的织锦,画一幅初春的写意,绘就惊蛰中最纯真的那一轮圆月。

　　春风和煦,春意盎然,我终于可以坐在自己的小院里,煮一壶清茶,闻着湿漉漉的泥土馨香,听阵阵鸟语,享受着三月的温暖和三月的花开。用三月生机勃勃的渴盼,把思念的情感写成生活的味道,远离一切世俗烦恼,去听三月花开的声音。一路品春,一路赏春,一路读春,一路写春,把三月最美的景致落于笔尖,融入纸笺,记于心,诵于怀。